더 나쁜 쪽으로

더
나쁜
쪽으로

김사과
소설

문학동네

우리는 좀더 중요한 대화를 나눌 수도 있었다. 좀더 좋은 시간을 보낼 수도 있었다. 하지만 우리는 충분히 나빠지지 못했고 밤은 충분히 차갑지 못했으며 말들은 움찔거리며 멈추어 서 있을 뿐이었다.

차례

1부

더 나쁜 쪽으로

꿈에서 나는 새였다. 날개를 접은 채, 높은 탑에 앉아 거리를 내려다보고 있었다. 회색빛의 거리는 평범하고 밋밋했다. 사람들은 모두 한 방향으로 느릿느릿 걷고 있었고, 그 끝은 짙은 안개에 덮여 있었다. 다음 장면에서 시간은 밤, 나는 같은 거리에 있었다. 하지만 더이상 새가 아니었다. 인간도 아닌 듯했다. 거리의 모든 것이 나 자신처럼 생생하게 느껴졌다. 거리의 색, 냄새, 소리, 어둠, 그 어둠을 꽉 채운 사람들, 그들의 얼굴, 표정, 몸짓, 입술, 혀, 그리고 혀끝에서 떨어지는 말까지도. 말들이 사람들의 혀끝에서 뚝뚝 떨어지고 있었다. 떨어진 말들이 거리 위로 차올랐다. 그것은 새벽의 눈보라처럼 아름다웠다.

눈을 뜬 뒤에도 한동안 꿈에 사로잡혀 있었다. 꿈의 마지막 장면이 잊히지가 않았다. 겨우 몸을 일으켜 창을 열었다. 차가운 공기가 순식간에 꿈의 환영을 걷어갔다.

거리가 보였다.

요즘 나는 거리에 사로잡혀 있다. 지난 몇 년간 나의 삶이 하나의 거리로 요약된다는 사실을 깨달은 뒤 줄곧 그렇다. 난 떠났다. 쉽게 떠났다. 아니 그런 척했다. 하지만 내가 한 것은 그저 한 발자국 옆으로 움직인 것일 뿐. 누구를 만났건, 무엇을 했건, 어디 멈춰 섰건 상관없이 모든 것은 하나의 거리로 수렴된다. 그게 전부다.

매일 아침 나는 거리로 나섰다. 기도하듯 역을 향해 걸었다. 하지만 나는 역으로 가는 길을 몰랐다. 나는 지도와 표지판을 외면했다. 나는 길을 잃기를 원했다. 도시의 끝에 닿기를 원했다. 그것을 넘어서고자 했다. 물론 불가능했다. 그 진실을 애써 잊었다. 이 거리가 속한 도시를, 그 도시가 속한 나라를 모른 척했다. 심지어 나 자신조차. 하지만 여전히 나는 그 모든 것 안에 들어 있었다. 하나의 거리 안에, 도시 안에, 나라 안에, 좁고 큰 하나의 세계 속에, 무엇보다 나 자신에 속해 있었다. 나는 아무것도 넘어서지 못했고, 결국 아무데도 닿지 못했다. 지도를 버렸지만 여전히 지도 안에 들어 있었다. 지도 위에는 나와 똑같은 사람들이 가득했고, 나는 그들을, 아니 우리를 저주했다…… 아아 이 거리, 나의, 우리의, 아니 누구의 것도 될 수 없는…… 졸음처럼 쏟아지는 현기

증 속, 무력한 내 시야 너머 거리가 꿈으로 변하기 시작하면 나는 정신을 놓는다. 저 거리, 단 한 번도 떠난 적 없는, 패션을 의식하는 젊은이들의, 부유한 노인들의, 세련된 식당의, 흥겨운 노천 카페의…… 어디서나 외국어가 들려오는, 예술가와 여행자들의, 지중해와 캘리포니아가 뒤섞이는, 정부와 기업이 사랑하는, 우리 모두가 사랑하는 그 거리의 끝에서 돌연 역이 나타났을 때 나는 당황하여 외친다. 나는 너를 알아! 거리가 답한다. 여기가 세계의 중심이다. 그리고 하늘에서 말들이 쏟아지기 시작할 때 착란의 경계에서 나는 겨우 중얼거린다. 저 말들을 손에 쥐지 않겠다. 더위와 갈증이 빚어낸 내 머릿속 요설을 무시하겠다. 눈앞에서 오래된 역이 주저앉아서는 안 된다. 거리가 나를 향해 소리쳐서는 안 된다. 단어들이 눈처럼 쌓여서는 안 된다. 이 정신 나간 거리를 통째로 뜯어내어 문장 속에 구겨넣고 싶다는 욕망은 금지되어야 한다. 감정은 불에 태워 하수구에 흘려보내야 한다. 내 앞에서 반복되는 저 거리와 꽉 찬 사람들의 비극을 무시해야 한다.

*

새벽 두시, 거리에는 인적이 없다. 커다란 새가 반대편 인도 끝에 내려앉는다. 새는 주위를 살피다가 차도로 가볍게 뛰어내려 종종걸음으로 거리를 가로지른다. 나는 홀린 듯 새를 향해 다가간다. 새가 날아오른다. 기적처럼. 나는 중얼거린다. 기적처럼. 새의 날개가 어둠에 섞여 보이지 않게 될 때까지 나는 그것을 바라본다. 골목에서 H&M과 자라를 걸친 여자애들이 웃으며 몰려나온다. 그들은 거리의 끝 한 건물 앞에 멈추더니 핸드폰으로 사진을 몇 장 찍고 지하로 내려간다. 나는 그들을 지나쳐 방향을 바꾼다. 환하게 불을 밝힌 터키식 간이식당이 나타난다. 문을 열고 들어서면 붉은 플라스틱 탁자를 사이에 두고 두 명의 외국인이 마주앉아 졸고 있다. 탁자 위에는 빈 맥주병 두 개와 잘게 썬 양배추 조각이 흩어져 있다. 나는 케밥을 주문하고 벽에 기대선다. 맞은편 거울에 내 얼굴이 비친다. 거울에 비친 내 목이 추워 보여.

한 손에 케밥이 든 비닐봉지를 들고 택시를 잡는다. 기사에게 거리의 이름을 말한다. 택시가 출발한다. 기사가 라디오의 채널을 바꾸고 순간 어떤 노래가 찢기듯 스친다. 그 노래를 들어본 적이 있다.

입구에서 손등에 도장을 찍고 코트를 벗어 번호표와 교환한다. 몇 개의 문과 계단을 통과하면 사람들로 빽빽한 높은 천장의 홀이 나타난다. 그곳은 수백 년 전 왕의 여름휴가를 위해 지어진 작은 성이었다가 왕정이 몰락하고 수립된 민주정부 시절 잠깐 시의회로 쓰였으며 이후 길게 이어진 독재정권 시절 감옥이었고 독재정권의 몰락 후 아나키스트와 게이들에게 점거되어 언더그라운드 클럽으로 쓰이다가 삼 년 전 한 맥주회사가 사들여 콘서트홀로 만들었다. 사람들 틈으로 섞여들면 고막을 두드리는 무거운 베이스 사운드와 쉴새없이 밝은 빛을 흩뿌려대는 조명 속에서 나는 생각을 멈춘다. 저멀리 믹서 위로 몸을 살짝 굽힌 채 몸을 흔드는 그가 보인다. 십오 년 전 사람들은 나른한 비트 위에 얹어진, 현대사회에 대한 모호한 적의와 혐오를 담은 그의 노래에 열광했다. 그는 곧 스타가 되었고 진짜 스타라는 단어가 어울리는 미국으로 갔다. 그곳에서 그는 진짜 스타가 되었고 영화에 나왔고 주말 토크쇼에 출연했고 약과 여자와 매너리즘에 빠졌고 그의 나른한 리듬 위에서 불길한 목소리로 흥얼거렸던 어린 연인과 헤어졌으며 하지만 여전히 잊을 만하면 새 앨범을 냈고 물론 유행에 민감한 어린애들은 그를 모르지만 그래도 여전히 그의 공연은 매진이 되고 오늘도 그를 보기 위해 온 사람들로 꽉 찬 오래된 성 안 시시각각 부서지는 빛 속에 선 그를 이제는 더이상 젊지 않은 그를 더이상 순진하지도 위험해 보이지도 않는 그를 나는 원망하듯, 애원하듯 바라본다.

늦은 밤, 오직 돌로 된 건물에서 뿜어져나오는 냉기와 뒤엉킨 습도 높은 열기에 무방비로 노출된 채 나는 멍하니 서 있다. 그의 뒤에 펼쳐진 스크린에는 온갖 추상적이고 자극적인 이미지들이 몰려들고 겹쳐지고 반복된다. 진통제처럼 천천히 몸을 마비시키는 비트와 실패한 세계를 시적으로 야유하는 속삭임이 귀를 파고든다. 크게 벌어진 내 눈은 눈앞에 펼쳐진 광경의 채 반도 흡수하지 못한 채 어둠 속으로 깊이 잠기는 듯하다. 미처 귓속으로 파고들지 못한 소리들이 목덜미를 타고 흘러내린다. 반쯤은 마비되었고 반쯤은 미쳐버린 느낌 속에서 주위를 둘러보면 다들 나보다 훨씬 더 멀리 가 있다. 노래가 절정을 향해 나아가고 나는 내가 그 노래에 미쳐 있던 때를 떠올린다. 그때 나는 그 노래가 너무 좋아서 그 노래를 한 음절씩 잘라서 귀에 걸고 다니고 싶었다…… 내 앞, 아주 멀리 간 여자가 울부짖는다. 대마초와 담배 연기가 뒤섞이고 내 옆에 선 남자가 주머니에서 알약을 꺼내 입에 넣는다. 아주 잠깐 입술 사이로 밀려나왔던 그의 빨간 혀가 오랫동안 눈앞을 떠다닌다. 그리고 바로 이 순간. 폭탄이 스크린 가득 개미떼처럼 흩어지고 나는 눈을 감는다. 지옥은 골목마다 가득차 있으며 사랑이 너의 목을 조르고 최신식 폭탄이 여자들을 죽인다. 다시 눈을 뜨면 지금 여기 천국 안에서 우리는, 우리들만의, 눈과 귀가 먼 우리들만의 천국 안에서, 바깥의 지옥을 잊는다. 좀더 완벽하게 잊기 위해, 우리는 인도로 떠날 수 있다. 이비사 섬으로 향할 수도 있다. 물론 결국 아무데도 도착하지 못할 테지만. 환영 속 거리 한복판, 내 손에는 커다란 쇼핑백이 들려 있고 사람들은 세일을 시작한 상점을 향해 돌진한다. 쇼윈도가 나를 향해 소리친다. 너는 여기를 벗어날 수 없어! 나는 쇼윈도를 향해 소리친다. 하지만 나는 너를 알아! 고개를 들어 천장을 보면 한 손에 십자가를 한 손에는 교회를 든 금발의 성녀가 미소 짓고 있다. 발목까지 닿는 굽이치는 황금빛 머리카락, 장밋빛 뺨과 입술의 그녀가 우리를 내려다

본다. 오래된 천국 속 그녀가 최신식 천국을 내려다보며 웃는다. 스크린 가득 낙하하는 폭탄들이 사라진 자리를 기후변화로 멸종 위기에 처한 북극의 곰들이 채운다. 순간, 탐스러운 하얀 털에 뒤덮인 사랑스러운 동물이 화면을 가득 채운 그 순간, 한숨과 같이 울려퍼지는 여자의 목소리가 변칙적인 드럼 루프와 뒤섞이는 순간, 지구온난화로 인해 아사하는 북극곰들의 희고 깨끗한 죽음이 쿨하게 내 눈앞에 전시되는 순간, 바로 그 순간 나는 내 삶이 완전히, 아주 빌어먹도록 잘못되었다는 깨달음에 사로잡힌다. 그 느낌, 내가 아주 잘못된 장소에서 아주 잘못된 짓을 하고 있다는 그 느낌은 극히 치명적이어서 그저 가만히 서 있는 것밖에 할 수 있는 것이 없다. 왜냐하면 나 또한 이 쇼의 일부이므로. 누구보다도 나 자신이 저 아름다운 죽음과, 그리고 이 차가운 성의 일부이므로. 울려퍼지는 너무나도 익숙한 노래 속에서 나는 숨을 곳이 없다. 천장 속 금발의 성녀가 나를 향해 미소 짓는다. 오 그대 나를 구원하나요? 그녀가 웃고, 나는 깨닫는다. 천국의 그녀가 내려다보는 여기가 다름아닌 지옥이라는 것을. 나는 지옥에 속해 있고, 숨을 곳이 없다. 지옥 속에서, 노래는 아름답고, 그 아름다운 노래가 내 목을 조르고, 몇 번이나 나는 **죽고 싶게 행복하다**. 높이 뻗은 내 손을 누군가가 움켜잡는다. 한 남자가 내게 입에 넣고 빨던 상아색 사탕을 내민다. 나는 사탕을 빤다. 쓰다. 그의 티셔츠에는 Vilnius라고 쓰여 있다. 사탕이 너무 쓰다.

택시가 멈춘다. 기사가 소리쳐 나를 깨운다. 나는 눈을 뜨고 창 밖을 본다. 거리는 텅 비어 있다. 아아, 나는 이 거리를 안다.

*

오늘은 그의 생일이다. 내가 누구보다 사랑하고, 또 역겨워하는 남자. 그보다 역겨운 인간을 만난 적 없다는 생각이 든다. 심지어 매일 조금씩 더 역겨워지는 것 같다. 나는 전혀 과장하고 있지 않다. 그는 역겨운 인간이고 나는 그런 그를 사랑한다. 왜 나는 오직 역겨워하거나 오직 사랑하지 못하나. 왜 나는 단순하게 아름다운 감정을 가질 수가 없나. 어쩌면 지금 내게 필요한 건 믿음이다. 하지만 무언가를 믿기에 나는 지나치게 병적이고 자주 혼란에 빠지며 너무나도 얄팍하고 가벼운데다가…… 무엇보다 나 자신을 깊이 불신한다. 아마도 그게 내가 세상에서 가장 역겨운 인간을 사랑하게 된 이유다. 아니 그뿐인가?

그를 만나면 만날수록 그를 닮아가고 있다는 느낌이 든다. 그건 정말 추잡한 느낌이다. 늦은 밤 잠에 취한 거리가 딱 그 꼴이라 생각하는 순간 거리의 추한 어둠이 나를 돌아보며 웃는다. 나는 발을 멈추고 핸드폰을 꺼낸다. 그는 여전히 연락이 없다. 파티는 끝났나? 파티가 끝나고 나보다 어린 여자와 누워 있나? 왜 그는 내 전화를 받지 않나? 왜? 이렇게 나는 그의 거리에서, 그를 향해 걷고 있는데? 그렇다. 여기는 그의 거리다. 이 거리에서 그는 모두를 알고 모든 일을 했고 마침내 이 거리 그 자체가 되었다. 머지않아 그는 이 거리의 대가로 칭송받게 될 것이다. 아니 이미 그렇다. 그러니까 고작 이삼 년 전에 처음 이곳에 온 나를 그가 무시하는 건 당연하다. 내가 이 거리에 대해서 한마디라도 하려 하면 그는 즉시 내 말을 가로막고 1993년 당시 이 거리가 어떠했는지 그때 이 거리에서 어떤 음악이 어떤 시가 어떤 사랑이 탄생했는지 말하기 시작한다. 1995년 겨울 술에 취한 펑크들이 토사물로 더럽힌 담벼락의 위치와 그 담벼락에 얽힌 몇 가지 전설에 대해서 처음 만난 날 그는 랩이라도 하듯 지껄였고 나는 그것에 반했다. 그가 말하는 모든 것은 내가 차마 만져서는 안 되는, 박물관에 놓인 오래된 항아리처럼 가치 있어 보였다. 그러니까 그는 바로 그 오래된 항아리의 세계, 이미 오래전에 끝나버린 역사의 영역에 속해 있었던 것이다. 신성한 역사가 나를 경멸하듯 내려다보았을 때 나는 엄청난 역겨움을 느꼈고 그것을 사랑으로 오인했다. 그때 우리는 완전히 취해 있었다. 우리는 소주를 마셨다. 그리고 고기를 먹었고, 다시 소주를 마셨다. 우리는 고기를 끝냈고, 소주를 끝냈고, 그의 집에 가서 섹스했다. 우리의 머리카락에서는 고기 냄새가 났다. 우리들은 고기 타는 냄새를 풍기며 섹스했다.

그를 만난 뒤 이 거리에 올 때마다 이 거리 전체가 나를 비웃고 있다는 느낌을 받는다. 뭐랄까 나 자신이 그의 역사와 전통을 망

처놓은 골 빈 양아치, 시답잖은 스노브, 자본주의 개새끼라도 된 것 같다. 하지만, 그렇다면, 그는 어떤가? 그는 단지 나보다 조금 일찍 도착해 이 거리를 망쳐놓기 시작한, 또하나의 양아치가 아닌가? 내가 처음 왔을 때 이 거리에는 정말이지 아무것도 없었지. 그는 자주 그렇게 말했다. 술에 취했을 때나 취하지 않았을 때, 커피를 마실 때 혹은 섹스를 하다 말고 발기가 꺾여 화를 내며 그는 거듭 그 점을 강조했다. 여기엔 아무것도, 아무도 없었다고 말이다. 그럴 때 그는 아메리카 대륙을 주인 없는 황무지로 묘사했던 미국 최초의 이민자처럼 보인다. 낯선 땅에 도착한 그들의 눈에 원주민 따위 보이지 않았던 것이다.

새로운 거리에 도착한 새로운 아이였던 그는 이 거리와 사랑에 빠졌고 이 거리를 노래했고 이 거리에서 토했고 이 거리에서 잤고 그 이야기들을 모아 책을 냈고 술집을 열기도 했으며 그의 모든 친구와 선생과 여자 들이 바로 이 거리에 있다. 하지만 그전에는? 그는 모른다. 그에게는 오직 그가 이곳에서 보낸 이십삼 년이 존재할 뿐이다. 그는 한때 무서운 어린애였으나 이제는 배가 나온 지방 유지 행세를 하는 데 만족한다. 지난 이십삼 년간 그가 이곳에서 한 일은 그보다 나이든 사람들을 조롱하고 젊음을 팔아먹으며 문화적이고 창의적인—다시 말해 새로운 시장 하나를 여는 데 기여한 것뿐이다……

이렇게 나는 매 순간 그를 비난한다. 그에 대한 비난만으로 열

권짜리 대하소설을 완성할 수도 있을 것이다. 나는 그를 증오하며 그것을 사랑으로 정당화한다. 아니 경멸을 사랑으로서 표현한다. 아니 나는 단지 그를 원하는 것뿐. 그를, 그가 가진 모든 것을 빼앗고 싶다.

물론 지금 내가 화가 나 있는 이유는 그가 전화를 받지 않기 때문이다. 왜지? 상관없다는 건가? 뭐가? 파티가 끝나고 마침내 단둘이 남게 되면 우리는 너의 방 너의 침대로 기어들어가 섹스하면 되나? (하지만 너는 너무 취해 발기가 되지 않을 것이다.) 여전히 해결할 수 없는 질문—왜 나는 그를 떠나지 못하는가? 이 거리를 떠나지 못하듯 나는 도무지 그를 떠나지 못한다. 떠나려고 해보지만 결국 나는 그에게로, 언제나 이 거리로 되돌아온다. 그건 물론 떠날 곳이 없기 때문이다. 온 세계로부터 버림받았다는 느낌에 사로잡혀 있기 때문이다. 아무데도 갈 곳이 없으며 나를 받아주는 것은 오직 이 거리, 역겨운 그 남자뿐이라고 느끼고 있기 때문이다.

*

거리의 끝 왼쪽 골목으로 방향을 틀면 나타나는 두번째 집 오래된 사층짜리 건물의 이층이 그가 사는 곳이다. 계단을 오르면 열린 문 너머 시끄러운 노랫소리가 들려온다. 파티는 거의 끝난 분위기, 남은 사람들이 졸고 있다. 나는 부엌으로 들어가 도마 위에 케밥을 올려놓고 반으로 자른다. 졸고 있는 그에게 다가가 머리를 쓰다듬고 케밥을 내민다. 그가 눈을 비비며 살짝 미소를 짓고 내 허리를 끌어안는다. 나는 그의 무릎 위로 쓰러진다. 나는 그의 무릎에 허벅지를, 소파에 엉덩이를 걸친 채 양손에 든 케밥을 번갈아 한입씩 베어먹는다. 구석에서 옅은 갈색 머리의 백인이 피곤에 찌든 얼굴로 노트북을 들여다보고 있다. 나는 그를 향해 케밥을 흔들고, 그가 고개를 든다. 나는 케밥을 흔들며 웃는다. 그가 아주 기쁜 듯이 다가와 그것을 받아들고 한입에 먹어치운다. 곧 그는 덴마크인으로 밝혀진다. 덴마크에 대해 내가 알고 있는 것이 무엇인가. ……우유? 덴마크인이 다시 노트북에 머리를 파묻는다. 노래가 바뀐다.

무지개색 러그가 깔린 거실 한복판에 어떤 여자가 웅크린 채 잠이 들어 있다. 엉덩이 바로 밑까지 말려올라간 원피스 아래로 망사 스타킹을 신은 통통한 다리가 보인다. 저렇게 무방비 상태로 새벽 세시 반 모르는 남자들로 가득한 방 한가운데에서 잠든 여자는 물론 안전하다. 왜냐하면 우리들은 좋은 사람들이기 때문이다. 우리들, 좋은 교육을 받은 세련된 취향의 젊은이들은 안전하기 짝이 없다. 어떤 진정한 위험성도 우리는 가진 바가 없다. 예를 들어 노동자들, 험한 말을 입에 달고 살며 좋지 않은 냄새가 나고 싸구려 술과 담배를 즐기고 음악을 모르며 책을 멀리하는 그런 종족들과 우리는 아주 멀리 떨어져 있다(심지어 마약조차 하지 않는다).

덴마크인이 마약에 대해 말하기 시작한다. 사람들이 귀를 기울인다. 우리 모두 메스암페타민과 MDMA, 케타민과 DMT의 효과에 관심이 있다. 하지만 한국에서는 마리화나 정도를 하는 데도 용기가 필요하다며? 덴마크인이 그에게 묻는다. 그래서 우리들은 미친듯이 술을 마시지. 그가 말한다. 우리들은 모두 알코홀릭이야. 그렇게 말한 그가 남은 맥주를 끝낸다. 그런데 지금은 몇시지? 내가 묻는다. 저기 잠든 여자애의 이름이 뭐야? 해는 언제 떠오르지? 누구 춤추고 싶은 사람 없어? (아니 나는 칠-아웃한 것이 듣고 싶은데.) 누구 병따개를 본 사람이 없어? (하지만 나는 정말이지 춤을 추고 싶은데.)

욕실로 들어가 불을 켠다. 거울에 비친 내 목이 추워 보여. 나는 양손으로 목을 조르듯 감싼다. 너는 왜 목이 추워 보여. 거울을 향해 속삭인다. 욕실에서 나오면 어둠 속에서 사람들이 낄낄대고 있다. 그 소리가 아주 야하게 들린다. 다시 소파에 앉다가 덴마크인과 눈이 마주친다. 그가 나를 똑바로 바라보며 묻는다. 그런데 너는 무엇을 쓰니? 그의 짙은 파란 눈이 나를 바라본다. 글을 쓴다고 하지 않았나? 나는 현기증에 쓰러질 것 같다.

내가 뭘 쓰냐고? 정말로 궁금해? 그렇다면 말해줄게. 나는 아주 자기도취적인 글을 쓰고 있어. 그건 자본주의에 대한 글이지. 아니, 파시즘에 대한 것인가? 사실 증오에 대한 글을 쓰고 있어.

열등감과 수치심에 대한 글을 쓰고 있어. 불안과 혐오에 대한 글을 쓰고 있어. 그건 패션에 대한 글이야. 패션과 혁명과 불안정 노동, 예술과 사회와 정치와 과학과 사랑과…… 그래, 나는 내가 전혀 모르는 것들에 대해서 써. (그게 나의 재능이지.) 나는 교양 있는 사람들과 그들의 대화에 관심이 있어. 실패한 삶과 불행한 사람들에게 관심이 있지. 어, 나는 오직 내가 전혀 모르는 모든 것에만 관심이 있어. 그런데 뭔가 이상하지 않아? 뭔가 몹시 이상하지 않아? 그건 우리가 잠들어야 할 시간에 깨어 있기 때문인가? 지금 이건 마치 악몽 같지 않아? 그런데 악몽이 아닌 꿈이 있어? 너는 악몽이 아닌 꿈을 꾸어본 적이 있어?

지금 내가 쓰고 있는 글의 제목은 '테이트 모던에 대하여'. 생각해봐, 사람들은 더이상 공장에서 노동운동이나 자본가의 착취를 연상하지 않아. 왜냐하면 공장은 모두 텅 비어버렸거든. 더이상 살아 있는 공장은 우리들의 눈에 보이지 않아. 죽어 있는 것들뿐이지. 죽은 공장은 아름답지. 그렇게 생각하지 않아? 잘 생각해봐. 세상은 미학적 가능성으로 차고 넘치고 그걸 잘만 이용하면 누구나 부자가 될 수 있어. 아주 쿨한 방식으로 말이야. 노동자들을 착취하지 않는 방식으로 말이야. (노동자들을 다 제거해버리는 방식으로 말이야.) 버려진 공장은 박물관이 되고 버려진 아파트는 갤러리가 되고 버려진 발전소는 언더그라운드 클럽이 되지. 뭔가 기분 나쁜 게 있어? 바로 그걸 팔아버려, 그럼 넌 부자가 될 수 있

어! 내가 하는 말이 지겨워? 그래? 어서 음악을 바꿔! 야한 걸로
부탁해. 춤을 춰야겠어……

춤을 출 때 무엇보다 중요한 것은 이렇게 모여 있는 우리들이
아무것도 서로 나누지 않는다는 것이다. 춤 속에서 우리는 거리를
유지한다. 껴안지 않는다. 각자의 춤에 몰두한다. 그렇게 우리들
은 개인주의자들을 위한 천국으로 간다. 예의바르고 겸손한 개인
주의자를 위한. 그곳은 텅 비어 있다. (오직 음악이 있다.) 나 자신
조차 없다. 아무것도 나누지 않은 채, 오직 음악 속에서 음악에 사
로잡힌 채, 창밖으로 떠오르는 해를 보며 나는 결심한다. 집에 가
지 않겠다. 음악 속에 남겠다. 이곳에 남겠다. 영원히, 이곳에 남
겠다. 영원히 영원히 영원히……

음악이 멈추고, 다시 모든 것이 차가워진다. 결국 나는 또 한번
달아나는 데 실패한 자신을 발견한다. 지구를 다섯 바퀴쯤은 돈
것 같은데도 결국 실패하고 말았다. 숲과 강을 가로지르고 풀벌레
소리로 꽉 찬 호수 속을 빠르게 헤엄쳐 나아가는 물고기와 하늘을
가득 채운 빛나는 구름을 눈동자 가득 새겨보아도 자꾸만 더 딱딱
해지고 차가워지고 무거워지는 나를 발견한다. 안다. 충분히 안
다. 아마도 그 점에서 나는 실패했다. 나는 내가 가진 조건에서 벗
어날 생각이 없는 것이다. 단지 역겨워한다. 내가 가진 그리고 가

지지 못한 모든 것에 대하여. 하지만 도대체 역겨워하지 않을 수가 있어? 오직 그것을 모른다. 모든 것을 다 알지만 그 앎으로부터 벗어날 방법을 알지 못한다. 그러니 남은 것은 음악, 무엇보다 순수하게 닫혀 있는, 텅 비어 있으며 그래서 가장 아름다운 바로 그런. 음악이 이어지는 사이 한 무리의 사람들이 쏟아져들어온다. 포옹한다. 웃으며. 정답게. 나는 그들을 잘 안다. 어, 우리는 서로를 잘 안다.

우리, 우리들…… 같은 책을 읽고, 같은 음악을 들으러 같은 공연에 가고 같은 영화를 보러 같은 극장으로 향하던. 같은 추억으로 얻어맞고 더럽혀진 우리들은 물론 같은 거리에 속해 있다. 같은 술에 취해 같은 거리를 걷는다. 같은 시간 같은 유머에 웃고 같은 불면에 시달린다. 같은 외로움, 버림받은 느낌에 운다. 같은 사랑에 빠지고 같은 이별을 한다. 이 늦은 밤 우연히 여기 모인 우리가 바로 그들이다. 끔찍하게 쌓아올려진 이 모든 것이자 그것을 쌓는 데 인생을 탕진한 바로 그자들이다. 다른 누구도 아닌 바로 우리가. 그런데 그게 무슨 의미가 있나? '우리'라니? 모두 그저 쫓겨 온 것에 불과하지 않은가? 오직 그 점에서만 우리들은 동지가 아닌가?

착란 속의 피난민들, 거대한 황무지 늪에 도착하여 자신들이 낙원에 도착했음을 확신한다.

그가 내 이름을 부른다. 피난민들의 추장, Colonel Kurtz*
가……

　　　　　　　　　*

　그가 내 이름을 부를 때, 시간이 멈춘다. 그가 나를 부를 때, 나
는 항상 정신이 나간다. 오직 그가 있다. 유일한 그가 나를 보며
웃는다. 아아 사랑한다, 나를 보며 웃는 저 세련된 대가리를. 닳아
빠진 능글맞음, 여유, 어쩔 수 없이 배어나오는 초라한 늙음조차
패션으로 소화해내는 저 센스, 이십삼 년이라는 시간, 그 시간이
가능케 한 수많은 것들, 결코 내가 만질 수 없는, 훔칠 수 없는, 그
모든 것, 그가 이룬, 그가 아는, 이 거리에서 보낸 수많은 낮과 밤,
그리고 여전히 이 거리 속에서 살아남았다는 장군 같은 저 자신
감, 그런데 거기 슬쩍 감추어진 불안은 뭔가?
　그가 다가와 내 손을 잡는다. 우리는 손을 꼭 잡은 채 맥주를 찾
아 부엌으로 간다. 거긴 아무도 없다. 나는 그를 끌어안는다. 그는
얌전한 애완동물처럼 몇 초간 내게 안겨 있다가 부드럽게 나를 밀
어낸다. 나는 그를 본다. 나와 있어줘. 내 눈이 말한다. 오직 나와
함께 있어줘. 하지만 그의 표정에 지겨움이 배어나고 나는 애처롭

---

* 영화 〈지옥의 묵시록*Apocalypse Now*〉(1979)의 등장인물.

게 구걸한다.

처음 본 순간부터 그와 자고 싶었다. 자는 것만이 그의 진짜를 보게 되는 길이라고 생각했다. 그는 나이들었고, 유명하며, 모든 것을 경험했다. 그러니 그가 정직해질 수 있는 순간은 그때뿐일 거라고, 그를 아는 방법은 그뿐이라고 생각했다. 그렇게 나는 그를 만났다. 그렇게 나는 그의 진짜를 봤고, 여러 번 지겹도록, 하지만 거기엔 아무것도 없었다. 그는 나와 같은 여자애들에게 익숙하다고 말했다. 그러니까 지겹다는 말인가? 내가 찾아오지 않으면 좋겠어? 그는 대답 대신 웃었다. 내가 그를 찾는 것을 멈출 수 없다는 것을 그는 잘 알았다.

그리하여 내가 발견한 그의 진짜는 불면과 외로움이다. 하지만 알다시피 그런 것들은 아무것도 아니다. 비밀조차 아니다. 결과적으로 나는 그에게서 아무것도 알아내지 못했다. 우리는 아무런 비밀도 공유하지 못했고 그러니 우리는 연인조차 될 수 없다. 그에게 나는 흔한 여자애들 중의 하나일 뿐이지만 나는 여전히 나만 알아볼 수 있는 그의 진짜를 훔쳐내려고 애를 쓴다.

그가 새 맥주를 들고 부엌을 떠나고, 나는 망설이다 그를 놓친다. 몇 분 뒤, 거실로 돌아온 나는 습관적으로 그를 찾아 두리번댄다. 그는 스피커 옆 소파에 깊숙이 파묻힌 채 사람들을, 아니 여자들을, 아니 한 여자를, 그 여자의 다리를 본다. 나는 그 다리를, 그 다리를 가진 여자를, 아니 여자들을, 사람들을 본다. 하나의 거대한, 알 수 없는 덩어리를. 과시적이지 않은 과시, 낡지 않은 낡음, 오만하지 않은 오만함, 오직 타인의 질투를 불러일으키기 위한, 나를 봐, 갖고 싶잖아? 속삭이는 듯한 그들을 나는 외면하지 못한다. 아니 나는 자꾸만 더 사로잡힌다. 응, 갖고 싶어! 외치는 순간 혀를 쏙 집어넣듯이 순식간에 멀어지고 마는 그 세련된 거리의 기술!

　내가 바보 같은 생각을 이어가는 사이 그가 뭔가 말하고 사람들이 박장대소한다. 똑같은 웃음이 터져나온다. 똑같은 표정의 똑같은 얼굴들을 바라보다가 문득 구석에 선 채 어색한 표정으로 웃지 않는 나 또한 저들과 하나라는 사실을 깨닫는다. 어, 우리들. 그 단어 아래 선 한 무리의 사람들을 본다. 그들은 여전히 쫓기고 있는 것처럼 보인다. 착란 속의 피난민들……

　그를 본다. 피난민들의 추장, 커츠 대령님, 그에게는 지도가 없다.

　그가 찡그린 채 눈을 감는다. 오늘밤 그는 잠들지 못할 것이다. 그에겐 지독한 불면증이 있다. 그게 내가 그에 대해 아는 전부다. 잠을 빼앗긴 밤, 그는 늪으로 향할 것이다. 기적 없이. 그리고 우리 착란의 피난민들의 운명은…… 뒷걸음질을 치던 나는 벽에 부딪힌다. 아무도 나를 보고 있지 않다. 나는 부엌을 지나, 출구로 향한다. 문이 열린다. 아주 쉽게. 그렇게 나는 그곳을 빠져나온다. 계단을 뛰어내려오는데 뭔가 사라진 것이 느껴진다. 어, 죽어버렸다. 신기하다. 나는 중얼거린다. 신기하다. 건물 밖, 어둠이 쓸려

나간 거리를 새벽의 푸른빛이 채우고 있다. 새벽의 냉기가 폐를 채운다. 문득 내가 맨발인 것을 깨닫는다. 발에 닿는 바닥이 얼음처럼 따갑다. 텅 빈 거리, 잠에 빠진 상점들의 쇼윈도에 내 모습이 비친다. 하지만 비치는 저 형상은 내가 아니다. 그렇다면 누구인가. 대체 뭘 하고 있는 건가. 여기는 어디인가. 내가 알던 거리는, 내가 알던 그들은 모두 어디에 있는가. 아아, 기억난다. 그들은 늪으로 향했다. 그뒤는 모른다. 저기 같은 방향을 향해 걷는 저자들을 더이상 모른다. 여기는 내 거리가 아니다. ……향해 걷는다. 해가 떠오른다. 햇살 아래 깨어난 거리가 어떤 모습을 하고 있을지 알 수 없다. 걷는다. 더 나쁜 쪽을 향해 걷는다.

샌프란시스코

"열린 문 너머 모습을 드러낸 그는 한 손으로 자신의 목을 조르며 웃고 있었다. 집안은 영화가 시작된 극장처럼 어두웠고, 밖의 햇살은 눈을 해할 만큼 강렬했다. 그가 내 등뒤로 손을 뻗어 문을 닫았다. 닫힌 문 너머 전차가 출발하는 소리가 들려왔다. 나는 그의 몸에 손을 얹었다. 그의 피부는 부드러웠고, 조금 차가웠다. 우리가 엉겨붙은 채 복도를 통과하는 동안 거리의 소음이 메아리처럼 밀려왔다가 밀려갔다. 뭔가가 흔들렸고, 떨어졌다. 나는 한 손으로 그의 팔을 붙잡은 채 멈춰 섰다. 그가 속삭였다. 괜찮아, 그냥 성냥갑이야. 그가 나를 잡아끌었다. 나는 그의 팔로 내 목을 감은 채,"

"목이 말라. 그녀는 침대에 걸터앉아 신발끈을 풀며 말했다. 나는 커다란 와인잔에 수돗물을 가득 담아 그녀에게 주었다. 그녀가 웃었다. 뭐가 웃겨? 그녀는 대답 없이 물을 삼켰고, 그때 집이 살짝 흔들렸다. 그녀가 눈을 크게 뜨고 대답을 요구하는 표정을 지었다. 지진이야. 나는 속삭였다. '이따금 도시는 흔들린다. 그러다 쪼개질지도 모르고, 쑥 가라앉아버릴지도 모른다. 하지만 인간들은 멈추지 않는다.' 빤히, 나를 바라보는 그녀의 손목이 기울어졌고, 잔에 든 물이 쏟아졌다. 나는 그녀의 손에서 잔을 빼앗아 탁자 위에 놓았다. 그녀가 몸을 기울여 맨손으로 젖은 카펫을 쓸었다. 그리고 나를 향해 물 묻은 손바닥을 들이대며 웃었다. 나는 재빨리 옷을 벗고 그녀 앞에 섰다. 그녀가 내 좆을 잡았다. 나는 그녀의 머리카락에 코를 묻었다. 거리의 먼지 냄새가 났다. 그녀가 입을 벌려 내 좆을 물었다. 나는 한 팔로 그녀의 목을 감으며."

*

그가 응시하는 스크린 속 단발머리의 여자 중학생은 나체로 가랑이를 벌린 채 미소 짓고 있었다. 그는 바라보는 것을 좋아했다. 아니 언제나 그는 바라보았고, 그러면 모든 게 좋아졌다. 문제는 최근 생겨났다. 언제나처럼 화면 속 여자 중학생을 바라보던 그는 문득, 그 여자애가 무슨 생각을 하고 있을지 궁금해졌다. 그건 이상한 일이었다. 그는 한 번도 정신에 대해서, 특히 화면 속 여자 중학생의 정신에 대해서 생각해본 적이 없었다. 그는 언제나 바라볼 뿐이었다. 이미지는 살아서 움직이지 않는다. 그를 덮치지 않는다. 그것은 그에게 말을 걸거나 도망치지 않는다. 그것은 편리하고, 편리한 것은 기분을 산뜻하게 만들어준다. 그런데 문득 그는 이미지의 바깥을 상상하고 있었다. 한 구체적인 정신을 그는 고려하고 있었다. 그는 혼란에 빠졌다.

처음에 그는 더 많은 여자 중학생의 나체를 바라보는 것으로 문제를 해결할 수 있을 거라고 생각했다. 하지만 그것은 문제의 양을 늘어나게 할 뿐이었다. 꿈속에서 그는 마을버스에 타고 있었다. 버스가 한 여자 중학교의 정문 앞에 멈춰 섰다. 여자 중학생들이 버스를 향해 몰려왔다. 봄 햇살을 받은 여자 중학생들은, 오래된 산책로의 참새들처럼 싱그러웠다. 그는 넋을 놓고 그들을 바라보았다. 하지만 그의 관심은 빠르게 그들의 신체에서 정신으로 옮겨갔다. 더이상 아무것도 싱그럽지가 않았다. 그들은 이제 산책로의 참새들보다 복잡한 암호문에 가깝게 느껴졌다. 그의 어깨 너머로 여자 중학생들의 젖내 나는 속삭임이 들려왔다. 그들은 아주 적은 단어를 사용했고, 경박하게 웃었다. 그는 아무것도 이해하지 못한 채로 꿈에서 깨어났다.

"곧 문제는 삶 전체로 확장되었다." 그는 고백했다. "나는 이해하기를 원했고, 그것은 줄줄이 실패했다. 실패할 때마다 모든 게 조금씩 불확실해졌다. 그럴 때마다 나는 불확실해진 단어들을 버렸다. 사용 가능한 단어가 급격히 줄어들었다. 결국 나는 중학생들보다 더 간단하게 말하게 되었다. 물론 말을 복잡하게 하는 것은 좋지 않다. 너무 많은 말들이 복잡하게 엉겨붙은 채, 사람들의 삶 속에 광고처럼 끼어든다. 누군가의 삶에 내가 하는 말이 그렇게 끼어들지도 모른다고 생각하면 죽을 만큼 두렵다. 그래서 나는 적게 말하는 것을 택했다. 결국 나는 모든 말을 잃게 될 것이다. 상관없다. 내 삶은 실패했다. 나는 자살과, 여자 초등학생에 관심이 없다."

*

"그가 한 팔로 내 목을 감았고, 나는 그의 다리에 내 다리를 감았다. 다시 집이 흔들리기 시작했다. 하지만 우리는 멈추지 않았다. 시작된 것을, 우리는 끝을 낼 것이다."

*

"언제나처럼 그가 몰두한 표정으로 내 몸을 바라보았다. 나는 그가 내 몸을 바라보는 방식이 좋았다. 그는 오직 바라보았고, 절대 응시의 바깥으로 나아가지 않았다. 시선은 꽂히고, 곧 사라졌다. 하지만 지금의 그는 달랐다. 그가 곁눈질하고 있었다. 그의 시선이 복잡해지고 있었다. 해로워지고 있었다. 그가 나의 몸이 아니라 정신에 대해 생각하고 있다는 걸 깨달았다. 틀렸어. 나는 말했다. 여기 정신은 아무데도 없어. 대신 다른 게 있지. 예를 들어, 다리가 있다. 너는 그걸 보고, 만지고, 그 사이로 들어갈 수도 있다. 하지만 생각은 안 돼. 그의 시선은 계속해서 흔들렸다. 마치 우리 아래 놓인 흔들리는 침대처럼. 나는 그의 몸에 내 몸을 붙이며 물었다."

뭘 원해?
생각나는 게 있어?
하고 싶은 게 뭐야?

"나는 나체의 여자 중학생을 보고 싶다. 여자 중학생의 첫 섹스를 보고 싶다. 동네 오빠의 오래된 침대 위에 번지는 처녀의 피를 보고 싶다. 그런 것을 나는 원한다. 내가 원하지 않는 것은 이곳이다. 이곳의 투명한 하늘과, 언제나 기분좋아지는 햇살이 나는 싫다. 느리게 흘러가는 시간과 텅 빈 고음으로 말하는 사람들이 지겹다. 이 도시는 너무 하얗다. 주말이 되면 나는 뉴욕에 가서, 늦

은 밤 지하철 1호선을 타고 북쪽으로 올라가, 철로를 가로지르는
쥐를 바라본다. 나는 호텔로 창녀를 불러, 그녀를 바라본다. 나는
그녀가 혼자 저절로 흥분하는 것을 보고 싶다. 그렇게 말하자 그
녀는 약을 원했다. 나는 그녀가 알려준 번호로 전화 걸어, 그것을
구했다. 약에 취해서 그녀는 달아오른 척했다. 그러곤 좀더 많은
약을 원했다. 내가 거절하자 그녀는 차갑게 식었고, 곧 떠났다. 나
는 식은 침대에 누워 생각했다. 나는 한국으로 돌아가,"

"나는 한국으로 돌아가 한국의 여자 중학생을 보고 싶다."

"예를 들어, 나는 한 장면을 떠올린다. 오직 신체가 있다. 나는
그것을 바라본다. 신체는 혐오스럽고 또, 황홀하다. 내가 지금 말
하는 것이 구닥다리 얘기로 들리겠지만 그 구닥다리는 여전히 현
대적이며 끊임없이 새롭다. 구닥다리 얘기 없이 현대인들은 단 한
마디도 말할 수 없다. 모든 구식 개념들이 형체를 잃고 부서져내
려, 더이상 원래의 사용법을 유추할 수 없을 만큼 자폐적인 즐거
움이 되어버렸다고 해도, 우리는 그것들의 바깥으로 나아갈 수 없
다. 그것들은 우리에게 자연과 같다. 구식의 개념들이 자연이 되
어 우리의 곁에 머무르고, 우리는 즐겁게 자연을 탐진한다. 아니
이것은 일종의 재활용이다. 우리는 모두 어떤 면에서는 재활용업
자이고, 환경을 보존한다."

"자연이 되어버린 문명 속에서, 현대성을 사유할 줄 아는 인간은 극히 드물다. 그들은 미치거나, 부자가 된다. 혹은 부자가 되어 미치기 시작한다. (그들은 결코 예술가가 되지는 않는다. 현대성을 사유할 수 있는 자는 결코 창작의 불완전성을 견디지 못한다.) 캘리포니아에서 나는 세상이 미치광이들에 의해 결정된다는 것을 배웠다. 종교와 기술, 그리고 섹스 중독이 세계를 결정한다."

"우리가 가진 것은 두 가지다. 구식의 개념과 의미를 잃은 세부사항, 다시 말해 신체들."

한국의 여자 중학생
덜컹거리는 마을버스 속
보드라운 살갗들

*

탑승 수속을 마친 그녀는 대기석에 앉아 '자살'이라는 제목의 책을 읽기 시작했다. 그녀는 언제나 죽음에 대해서 생각했고, 그래서 공항 서점에서 그 책을 발견했을 때 사지 않을 수 없었다. 그녀는 죽음에 대한 생각을 멈출 수 없었다. 아니 언제나 그것을 바라보았다. 언제 어디서나 그녀의 눈은 예외 없이 그것을 발견했다. 하지만 삼 년 전 심각한 병에 걸려 죽을 만큼 아팠을 때 그녀는 웃는 것을 멈출 수가 없었다. 그때 그녀는 죽음에 대해 전혀 생각하지 않았다. 그것을 바라보지도 않았다. 그저 고통이 있었다. 그녀는 아팠다. 아팠고, 슬퍼졌고, 결국 웃음이 터져나왔다. 많은 것에 무감각해졌다. 그 상태가 오래 지속되었다. 그녀는 해방감을 느꼈고, 동시에 약해졌으며, 천천히 모든 것이 앙상해졌다. 고통이 그녀의 신체와 정신, 그리고 그녀의 사회적 관계를 갉아먹고 있었다. 하지만 운좋게도 그녀는 회복되었다. 식욕과 외로움이 돌아왔다. 연애를 시작했고, 연락이 끊어진 친구에게 전화를 걸었다. 행복감 속에서 전화를 끊고, 숨을 고르던 그녀는 멀지 않은 곳에서 죽음이 자신을 물끄러미 바라보고 있는 것을 느꼈다. 반사적으로, 그녀도 죽음을 쳐다보았다. 반사적으로, 라는 수식어 외에 다른 말로 죽음에 대한 그녀의 과도한 관심을 설명하는 것은 불가능해 보였다. 그녀는 지겨운 게임이 다시 시작되었다는 것을 깨달았다. 그녀는 자신이 미치지 않았다는 것을 알고 있었다.

"이건 하나의 긴 노래인가 아니면 무한히 반복되는 짧은 노래인가? 혹은 비슷비슷한 노래들이 끊임없이 이어지는 것인가? 왜 음악은 멈추지 않는가? 아니, 왜 나는 음악을 끄지 않는가? 나는 죽고 싶지 않다. 단지 그것을 발견할 뿐이다. 매 순간, 끊임없이. 그것이 내 팔을 움켜잡는다. 나의 시선이 반사적으로 그것을 응시한다. 공항의 화장실에서. 종이 타월들 사이에서. 이것은 공항에 대한 이야기다. 이것은 샌프란시스코 공항의 화장실에 대한 이야기다."

"화장실에서, 나는 벽에 몸을 딱 붙였다. 그러자 그는 좋아했다. 아니 그랬다고 생각한다. 나는 그가 부드럽게 하기를 원했다. 하지만 그는 그러지 않았다. 아니 그러지 않았다고 생각한다. 나는 화장실 벽에 머리를 비비면서, 새벽의 TV쇼에서 들은 더러운 농담을 했다. 그는 좋아했다. 아니 그랬다고 생각한다. 거기는 공항의 화장실이었다. 고개를 숙이자 바닥에 신문이 떨어져 있는 게 보였다. 나는 보이는 것을 읽었다. "새벽, ○○○가 자살을 시도……" 그것은 지금 내 등뒤에 있는 남자의 이름이었다. 그는 오늘 새벽 자살을 시도했고, 성공했으며, 그리고 지금 나와 함께 있다. 그는 죽었고, 여기 나와 함께 있다. 어쩌면 그는 아무것도 아니다. 화장실 휴지인지도 모르겠다. 아니 그것조차 아니다. 나는 유령과 섹스했다."

*

"우리는 수영장 앞, 넓은 그늘에 누워 있었다. 네 눈에 짙은 푸른빛의 하늘이 비쳤고, 그런 네 눈동자는 검은 거울 같았다. 나는 그 검은 거울을 들여다보며, 지금 내가 바라보는 것보다 아름다운 것을 상상할 수 없다고 생각했다. 네가 몸을 일으켜 바닥에 놓인 콜라를 집었다. 잔에 든 얼음이 속삭이듯 녹아내렸다. 우리의 발 아래로 도시가 내려다보였다. 도시는 천국에 가까운 흰빛이었다. 그리고 네가 물속으로 들어갔다. 네가 물속에서 천천히 움직였다. 네가 수영했다. 따뜻한 물 안에서. 공기는 차고 단단했다."

"우리는 수영장의 그늘에서 나와 방으로 들어갔다. 어둠은 차갑고, 적당히 축축했다. 우리는 조심스럽게 서로의 몸을 살폈다. 우리는 흥분을 감추었고, 지나치게 예의를 차렸다. 우리는 서로에 대해서 아무것도 모르는 척했다. 네가 예의바른 손길로 커튼을 열었다. 나는 벽에 걸린 그림을 가리키며 말했다."

저 그림이 어때? What do you think?
잠이 와. It makes me sleep.
너랑 떡을 치고 싶어. It makes me want to fuck you.

창밖의 나무는 바람 속에서 눈먼 동물처럼 몸을 흔들었다. 그들은 그것을 바라보지 않았다. 그저 움직였다. 천천히, 그들은 부드럽고 뿌연 기분에 휩싸였다. 온 도시를 덮은 안개처럼. 멀리 보이는 다리를 덮은 구름처럼. 창밖의 나무가 주위를 더듬듯 움직이는 것과 같이, 그들은 장님처럼 움직였다. 소리만이 손에 잡힐 듯 명확했다. 그들은 서로의 몸을, 그들 자신을 거의 볼 수 없었다. 오직 창밖의 눈먼 채 흔들리는 나무가 만들어내는 소리를 보았다.

*

"그곳에 닿기를 바란다. 나는 여기에서 시작한다. 이야기의 끝에서 내가 너에게 닿기를 바란다. 이야기의 끝에서 네가 어딘가에 닿기를 바란다. 너는 여기에서 시작한다. 이야기의 끝에서, 누군가가 누군가를 만난다. 누군가가 누군가를 필요로 한다. 이야기의 끝에서, 우리가 아무것도 필요로 하지 않게 되기를 바란다. (우리가 무언가에 닿기를 바란다.) 우리는 거기에서 시작한다. 아마 우리는 실패할 것이다. 우리는 계속해서 누군가를 필요로 하며, 결국 아무데도 닿지 못할 것이다. 끝은 영원히 오지 않고, 같은 시작을 반복하게 될 것이다. 그 실패에는 어떤 교훈도 없을 것이다. 우리는 모든 것을 순수하게 처음부터 다시 시작해야 할 것이다. 시작에서, 우리는 이 모든 것을 안다. 바로 거기에서 시작한다. 시작에서 우리는, 우리를 실패 안에 한계 짓는다. 하지만 우리는 믿는다. 시작이 끝을 낳을 것을 믿기로 한다. Then we kiss."

*

여전히 우리는 시작에 머물러 있다.

*

"우리는 다시 시작했고, 하지만 실패했다. 물론 그건 당연했다. 우리는 틀린 곳에 있었고, 틀린 곳에서는 아무것도 옳을 수가 없다. 캘리포니아에서 우리는 절대로 옳을 수가 없다. 하지만 우리는 계속 시도했다. 그게 우리의 멋있는 점이었다. 아마도 우리는 아주 오래전에 다 틀린 사람들이었다. 하지만 우리는 시도했다. 그리고 실패했고, 다시 시작했다. 계속해서 다시 시작했다. 더이상 뭘 하고 있는지도 모르는 채로 우리는 매일 똑같은 것을 처음부터 다시 시작했다."

"함께인 채, 우리는 아무것도 끝낼 수가 없었다. 함께인 채, 우리는 거울을 바라본 것처럼 똑같았다. 함께인 채, 우리는 권태로워졌다. 우리 앞에 시간들이 새 침대 시트처럼 하얗고 보송보송하게 펼쳐져 있었다. 무엇을 해야 할지 몰라 우리는 그 시트를 더럽혔다. 다음날 시트는 새것으로 바뀌어 있었다. 도대체 지금까지 우리가 몇 장의 시트를 더럽혔는지 모르겠다."

"삶은 호텔 같았고 매일매일은 호텔의 욕실에 놓인 일회용 샴푸 같았다. 그것을 도대체 다 써버릴 수가 없었다. 다음날이면 어김없이 새것이 놓여 있었다. 거기엔 오직 시작만 있었다. 그래서 우리는 그것들을 망쳤다. 시작하고 또 시작했다. 낮과 밤이 바뀌는 것을 눈치챌 수 없을 때까지 우리는 계속 시작했다. 우리는 포기하지 않았다. 하지만 달라지는 것은 없었다. 심지어 미쳐버리지도 못했다."

— 그 여자는 똑똑했어. 심지어 옷도 똑똑하게 입었어.

— 너는 나한테 뭔가 특별한 게 있을까 기대하는데, 봤다시피 나는 아주 평범해. 그래서 너는 실망했어.

— 그 여자는 섹스도 똑똑하게 했어.

— 그런데 너는 나랑 헤어지지 않았어. 네가 뭘 원하는지 모르겠어. 네가 원하는 것을 말해주면, 나는 뭐든지 할 텐데, 그러면 너는 견딜 수가 없겠지. 사실 너는 뭔가 끔찍한 걸 보고 싶은 게 아니야? 하지만 너는 견딜 수가 없겠지. 무엇이든 결국 넌……

— 너는 견딜 수가 있어?

— 나는 아무것도 없고 그래서 상관없어.

— 넌 왜 항상 극단적으로 말해?

— 거짓말이야. 나는 아주 조금 가지고 있는데, 그것마저 잃을까 봐 두려워.

*

우리는 여전히 시작에 머물고 있다.

*

가끔 우리는 우리가 미쳐가고 있는 게 아닐까 두렵다. 하지만 미친다는 건 아주 평범한, 너무나도 비슷해서 구분할 수 없는 수천수만 명의 사람들이 캘리포니아라는 이름의 길을 따라 천천히 행진하는 것.

*

그는 마지막으로 고백했다. "시간이 갈수록, 살아가는 데 많은 단어가 필요하지 않다는 것을 느낀다. 삶은 놀랍도록 단순하다. 단순성에는 물론 일정량의 손실이 필수적이다. 하지만 그것조차 쾌락적이다. 손실의 즐거움. 그것을 우리 현대인들은 알고 있다. 아니 우리는 그 즐거움에서 벗어나지 못한다. 스스로를 조금씩, 영원히, 지우는, 즐거움. 잃어가는, 태워지는 즐거움. 그 쾌락을 제대로 즐기는 길은 영원성을 음미하는 것이다. 조금씩 나를 잃는 동안에도, 즐거움은 영원히 나와 함께한다. 그것은 절대 떠나지 않는다. 내가 떠난 뒤에도, 오직 그것이 살아남는다."

*

"네가 나를 바라보았다. 나는 움직였고, 너는 바라보았다. 나는 계속해서 움직였고, 더 빨라지며, 모든 게 제대로 되어간다 느꼈을 때, 눈을 감았다. 너는 가만히 멈춘 채, 나는 더 빨라졌다. 더, 네가 입술을 놀렸고, 나는 한 손으로 네 눈을 가리며 네 목을."

"네가 내 목을 조르기 시작했을 때, 나는 더이상 너를 볼 수가 없었다. 우리는 밀착되었고, 하지만 너는 좀더 가까워지고자 했다. 우리의 몸이 터져버릴지도 모른다는 생각이 들었을 때 네가 말을 시작했다."

"꿈에서 너는 나, 그리고 모르는 여자와 함께 셋이서 욕조에서 하기를 원했다. 하지만 욕조에 물이 가득찼을 때 나는 두려워졌고, 무언가에 쫓기기 시작했다. 흠뻑 젖고, 벌거벗은 채, 한 손에 든 목욕 타월을 백기처럼 흔들며 나는 외쳤다. 나는 기분이 너무 좋아요! 나는 기분이 너무 좋아요! 거리는 아주 깜깜했지만 나는 태양이 다가오는 것을 느낄 수 있었다. 도시가 잠에서 깨어나고 있었다. 나는 무서웠다. 곧 햇살을 받아 백색으로 빛날 도시가 무서웠다. 곧 나는 한낮의 공원에 있었다."

"공원에서 나는 본다. 웨딩드레스 차림의 젊은 여자, 양손으로
치마를 살짝 추켜올린 채 초록빛 들판을 가로지른다. 줄에 묶이지
않은 큰 개들, 껑충 뛰며 주인의 주위를 맴도는 커다란 개들을 본
다. 아이스크림을 손에 든 아이들을 본다. 선글라스, 커다란 물병
과 운동화를 본다. 달리는 남자를 본다. 바닥에 흩어진 빈 술병들
을 본다. 쓰레기통 주위로 날아오르는 파리떼를 본다. 파리떼 사이
에서, 사람들이 수프에 빵을 담그는 것을 본다. 날아오르는 파리떼
를, 유모차에 누운 어린아이가 바라본다. 그 아이를 바라본다. 꿈
에서, **나는 미래를 본다. 미래의 우리 삶을 본다. 하지만 나는 그것에 대**
해 말할 수 없다. 미래에 관해서, 사용할 수 있는 단어가 나에겐 없다. 꿈
에서 깼을 때, 나는 비행기에 타고 있었다. 창밖으로 언 땅과 구름
이 보였다. 내 앞에 놓인 노트북 화면에 한국의 여자 중학생이 있
었다. 어쩌면 그녀는 한국의 여자 중학생이 아닐지도 몰랐다. 그
녀는 대만의 여자 중학생인지도 몰랐다. 나는 속은 건지도 몰랐
다. 하지만 상관없다. 나는 보는 것이 좋다. 그것이 즐거운 한 나
는 멈출 수가 없다. 비행기가 흔들리기 시작했다."

"나는 너무 많은 것을, 다, 보아버렸고, 나는, 모든 것을, 이미
다, 더이상 궁금한 것이, 나는, 도무지 알고 싶은 것이, 욕망하는

것이. 하지만, 여전히 나는 보기를, 더,"

"나는 너를 보기를 원했지만 너를 나의 몸에서 떼어낼 수가 없었다."

"그런데 이제 좀 지겹지 않아? 너 자신에 대해 말하는 게? 그게 더이상 무슨 의미가 있지? '나'에 대해서라면 이제 완벽하게 알고 있잖아. 네가 전혀 모르게 된 건 '너'라구. '나'는 사실 존재하지도 않아. 존재하는 건 '너'뿐이야. 그것 말고는 아무것도 없어. 그리고 '너'는 역겹지. 너는 병신이야. 그런데 포기를 모르지. (너는 아름다워.) 너는 병신이야. 그리고 너는 포기를 모르지."

*

나는 너를 순서 없이 기억한다.*

*

"너와 헤어진 뒤로, 나는 시끄러운 곳에 숨는다. 숨은 채, 순서

---

* Edouard Levé, *Suicide*, Dalkey Archive Press, 2011.

없이 너를 떠올린다. 여전히 나는 시작에 머무르고 있다. 시작을 반복하며, 결국 아무데도 닿지 못한 채 거기 있다. 나는 여전히 자유롭지 않다. 나는 여전히 네가 필요하다. 어쩌면 그때 우리는 포기했어야 했다. 하지만 그러기엔 사방에 펼쳐진 빽빽한 흰빛이 너무나도 두려웠다."

"집과 거리가, 공항과 다리가 흔들리기 시작한다. 여전히 나는 너와 한 어떤 시간도 순서대로 기억하지 못한다."

비, 증기, 그리고 속도

"y, g, h, 너는 취했고 스피커에서는 리카르도……"

P가 아이폰을 꺼내 자신이 쓴 시를 보여줬다.

나는 읽는 대신 전원 버튼을 눌러 화면을 끄고 P를 보았다.

"별로야? y, g, h, 너는 취해서 침대 밑으로 굴러떨어지고 있고 스피커……"

"모르겠어."

난 P에게 실망했다. 시를 쓰다니.

"내가 널 좋아했던 건, 예술 같은 데 전혀 관심이 없어 보여서였는데."

"그럼 뭐에 관심이 있어 보였는데?"

"여자? 축구? 주식? 모르겠어. 게다가 시 자체도 열라 구려."

그가 반대편 소파에 앉았다. 시무룩한 표정이었다.

"왜?"

"오늘밤 서머타임이 끝난다."

"그래서?"

"겨울이 왔다구."

*

"나는 한국의 서울 변두리에 있는 직업학교를 나왔어. 졸업하고 핸드폰 공장에 취직했어. 네가 손에 들고 있는 그 갤럭시 핸드폰, 어쩌면 내가 만든 거야. 작년에 제일 친했던 친구가 교통사고로 죽었어. 삶이 무의미하다는 것을 깨닫고, 자살하려고 뉴욕에 왔어."

"왜 하필 뉴욕이야?"

"인터넷에서 봤는데, 뉴욕 남자들이 한국 여자를 좋아해서 여왕처럼 모신다고 하던데."

남자는 픽 웃더니, 나를 좀 훑어본 다음, 핸드폰을 꺼내 귀에다 대며 "잠깐만" 하고 사라졌다. 그러고는 돌아오지 않았다. 나는 구석의 빈 소파에 앉아, 춤을 추는 사람들을 바라보았다. 리카르도 빌라로보스의 〈Y. G. H.〉가 흘러나오고 있었다. 내 옆에는 잎이 큰 식물이 든 화분이 놓여 있었는데, 조명을 받을 때마다 빨강

게, 파랗게, 다시 회색으로 빛났다. 나는 그것을 쓰다듬으며 생각했다. 지루하다. 이따금 남자들이 나를 훑으며 지나갔다. 얼마 뒤한 남자가 내 옆에 앉았다. "안녕?"

"나는 부산이라는 한국의 도시에서 태어나 자랐어. 고등학교를 졸업하고 백화점에서 일했어. 칠 년 사귄 남자친구가 있었는데 나를 찬 다음에 부잣집 딸이랑 결혼했어. 더이상 살기 싫어져서 다 그만두고 여기에 왔어."

"나는 어제 회사에서 잘렸어."

"무슨 일을 했었는데?"

"월스트리트." 그가 힘주어 자랑하듯, 아니 자학하듯 발음했다. "에서 일했어."

"죽을 거야?"

"왜?" 그가 물었다.

"회사에서 잘렸으니까." 내가 대답했다.

"생각중이야."

"난 죽을 건데. 나랑 같이 죽을래?"

한 시간 뒤에 만난 어떤 남자는 나에게 선글라스를 주었다. 그걸 잘 간직하고 있다가 샌프란시스코에 오면 전해달라고 하더니 없어져버렸다. 나는 장난감같이 생긴 그 선글라스를 들여다보면서 이걸 어디다가 팔지, 팔면 얼마를 받을 수 있을지, 진짜 톰 포드가 맞는지 생각했다. 그 또한 돌아오지 않았다. 나는 선글라스를 바닥에 내려놓았다. 곧 누군가가 밟았고, 부서졌다.

또다른 남자는 자신을 영국에서 온 테라피스트라 소개하며 자신의 가게에 오면 뭐든지 오십 퍼센트 할인을 해주겠다고 했다. 그가 명함을 내밀었고, 나는 실수인 척하며 그것을 떨어뜨렸다. 그 또한 곧 가버렸다.

*

화장실은 여자들로 가득했다. 그중에 가장 작고, 귀엽게 생긴, 숱이 많은 더티 블론드의 머리카락을 정수리까지 틀어올려 묶은 여자애가 이유 없이 나를 향해 눈을 부라리더니 깔깔 웃으며 화장실을 나갔다. 나는 어리둥절하고 기분이 상한 채로 화장실에서 나왔다. 기분 전환을 하려고 복도를 왔다갔다하고 있는데 아까 그 월스트리트 실업자와 마주쳤다. 그는 친구들과 함께였다. 나를 알아보고는 손을 흔들었다. 나도 내심 반가웠는데, 너무 반가웠는지 그만 고개를 숙여 인사하고 말았다. 그러자 그도 나처럼 고개를 숙여 인사했다. 그것을 본 그의 친구들이 아주 좋아하며, 너도 나도 고개를 숙여 인사를 하기 시작했다. 인사는 점차 과열되어, 다들 머리가 땅에 닿도록 허리를 굽히며 일본어로 소리를 치는 것이었다. "아리가토, 곤니치와, 도조…… 고자이마스!" 당황하여 도망치려는 나의 팔을 실업자가 잡았다. 그가 내 귀에다 대고 속삭였다. "Sumimasen, ma petite fille, 죽으러 가자."

*

실업자와 나는 동반 자살을 하는 대신 그의 집에 가서 섹스를 했다. 침대 맞은편 벽에는 터너의 〈비, 증기, 그리고 속도〉의 복제화가 붙어 있었다. 섹스를 하는 내내 나는 그 그림을 쳐다봤다. 기차가 나를 향해 다가오는 듯도, 영원히 멈춰 선 듯도, 혹은 나를 꿰뚫고 달려나가는 것 같기도 했다. 신기했다. 뭔가를 그렇게 열심히 몰입하여 본 것은 처음이었다.

*

실업자는 센트럴파크 서쪽 육십몇길 암스테르담 대로에 있는 오래된 브라운스톤 아파트의 반지하 집에 대학 동창인 M과 함께 살고 있었다. 그 또한 월스트리트에서 일하는데, 집에 있는 시간이 거의 없었다. 하지만 주말이 되면 친구들이 들이닥쳐 며칠씩 돌아가지 않았으므로, 집 전체가 무슨 공짜 호스텔처럼 느껴지기도 했다. 친구들은 대체로 늦잠을 자고 침대에서 뒹굴다가 중국 음식이나 피자 같은 것을 시켜 먹고 우르르 몰려나가 다음날 새벽까지 돌아오지 않았다. 나는 사람들이 곯아떨어진 이른 아침, 방과 거실을 돌며 돈을 훔쳤다.

*

보통 평일에는 실업자가 온종일 집에서 시간을 보냈으므로, 나는 가능하면 밖으로 나갔다. 춥지 않으면 공원을 산책하고 추우면 번화가에 새로 생긴 쇼핑센터에 갔다. 겨울이 다가오는 중이었고 춥지 않은 날이 드물었다. 나는 쾌적한 쇼핑센터 안을 집에 갇힌 강아지처럼 빙글빙글 돌며 시간을 죽였다. 그곳에는 나와 같은 사람들이 많았다. 그들의 얼굴에는 이렇게 쓰여 있었다. '지겨워.' '뭐 하지.' '갈 데가 없어.' '도와줘, 구글.'

*

어떤 운좋은 날, 집 화장실 바닥에서 이십 달러짜리 지폐를 발견했다. 나는 그것으로 소호에 있는 커피숍에 가서 카페라테를 사 마신 다음 집까지 걸어왔다. 집에는 처음 보는 M의 친구가 있었다.

"팔십 달러만 줄 수 있어?" 내가 그 말을 했을 때는 M의 친구와 섹스를 끝낸 직후로, 우리는 둘 다 아직 소파 위에서 벌거벗은 채 뒹굴거리는 중이었다. 그는 좀 놀란 눈치였다.

"혹시 팔십 달러를 나에게 줄 수 있어?" 나는 다시 한번 물었다.

그는 말없이 바닥에 떨어져 있는 바지에서 지갑을 꺼내서, 이십 달러짜리 지폐 네 장을 주었다. 그리고 옷을 챙긴 뒤 화장실로 들어갔다. 나는 다시는 그를 보지 못했다. 그가 준 돈으로 두에인 리드에 가서 탐폰 세 박스와 레블론 립스틱을 샀다. 남은 돈은 만일의 사태를 대비해 쓰지 않기로 했다.

*

며칠 뒤 M과 부엌에서 마주쳤는데 표정이 좋지 않았다.

그날 밤 냉장고 문짝에 붙어 있는 포스트잇을 발견했다. "이것은 아시안 창녀의 새로운(창의적인) 영업 방식인가?"

그것은 M이 쓴 것이 분명했다. M이 나를 싫어하는 것은 이것으로 확실해졌다. 왜냐하면 그는 멀쩡한 직업을 갖고 있기 때문이다. 그것은 나에게 없는 것이다. 상대적으로 실업자가 나에게 관대한 것은 그에게 직업이 없기 때문이다. 하지만 그 또한 다시 취직을 하게 될 것이고 그러고 나면 M 못지않게 가혹해질 것이다.

그렇게 되면 나는 어떻게 해야 하는가? 정말로 자살이라도 해야
하는가?

*

나는 실업자 P의 방 책장에서 아무 책이나 꺼내 아무 페이지나
펼쳐서 큰 소리로 읽었다.

"나이가 많은 사람들은 젊은 사람들을 원하게 되어 있습니다.
모두가 젊고 싱싱한 이십대를 원합니다. 그러는 사이 당신은 늙
어가지요. 그러니 한심한 짓 그만두세요. 그들이 늙어가게 두세
요. 나는 당신과 함께 늙어가고 싶어요. 나와 함께 늙어갑시다. 그
들이 원하는 건 당신이 아닙니다. 당신의 젊음입니다. 아시겠어
요?"

나는 책을 덮고 P를 향해 물었다. "이게 대체 무슨 책이지?" 금
박을 입힌 번쩍거리는 표지에 커다랗게 '사랑의 시간 여행'이라고
쓰여 있었다.

"어떤 멀지 않은 미래의 포르투갈에서는," P가 말했다. "시간
자원이 불균등하게 배분되어서 개인들 간 소유한 시간의 격차가
커지게 돼. 돈은 더이상 중요하지 않지. 어느 날 리스본에서 한 남
자가 미스터리어스한 느낌의 프랑스 여인을 만나게 되는데……"

"너 이 책을 끝까지 읽었어?"

"어, 꽤 재밌어. 너도 읽어봐."

밖에서는 M이 십 분 넘게 소리치고 있었다.

"그 수상한 여자애를 언제까지 여기다가 둘 거야?"

"훔치는 걸 내가 봤다니까?"

"……돌았냐?"

"맘대로 해! 나는 이사 나갈 거야!"

"쟤가 어제 코카인을 너무 많이 해서……" P가 난처한 표정으로 변명을 시도했다. 나는 고개를 저었다. M의 심정을 충분히 이해할 수 있었다. 그리고 이사 가는 건 좋은 생각 같았다. 그와 같은 성공적인 뉴요커가 이렇게 햇빛도 들지 않는 반지하방에 사는 것은 그의 장래에도 좋지 않아 보였다. 물론 그가 집을 얻어 나가 버리면, 그것은 나에게 불리한 일이다. P의 친구들보다 M의 친구들에게 돈이 더 많기 때문이다. 그나마 P의 친구들은 이제 거의 오지도 않는다. 그리고 요즘은 P도 쪼들리는 것 같다.

*

"나는 일본에서 태어나 한국에서 자랐어. 엄마는 일본 사람이고, 아빠가 한국으로 갈 때 같이 가는 대신 이혼했어. 작년에 대학교 진학에 실패하고 자살 시도를 한 다음에 정신병원에 잠깐 있었지. 퇴원하고 이곳으로 도망쳤어. 여기서 죽을 거야."

"나는 포르투갈에서 태어나서 자랐어. 대학은 영국에서 다녔어. 졸업하고 런던에서 잠깐 일했어. 지금은 뉴욕에 있고, 실업자야. 다음달 말에 비자가 만료돼. 그전에 돌아가야 돼."

"나는 부여라는 한국의 작은 소도시에서 자랐지. 공부에는 아무런 관심이 없었어."

"엄마 아빠 모두 의사였어."

"아버지는 농부였어. 소들을 아주 사랑했어."

"형은 제약회사에서 일해. 누나는 독일에서 결혼해서 살아. 출판사 다녀."

"서울은 교육열이 아주 치열해. 그래서 0.5살 때부터 영어를 배웠어."

"거짓말."

"진짜야."

우리는 하이라인 근처의 커피숍에 앉아 엄청난 양의 미치도록 진하고 뜨거운 커피를 고문하듯 목으로 넘기고 있었다. 스피커에서는 라나 델 레이의 노래가 흘러나왔다. 사람 맥빠지게 하는 목소리…… 얼마 뒤 노래가 뚝 끊기더니, 몇 분간 정적이 이어지다가 식스펜스 넌 더 리처의 〈키스 미〉가 흘러나오기 시작했다. 강가 쪽을 바라보고 있는 P의 시선에는 초점이 없었다. 나는 P의 방에서 가져온 『사랑의 시간 여행』을 괜히 한번 폈다가 접었다. P가 내 쪽으로 시선을 돌렸다.

"엄마는 부잣집 딸이었는데 능력 없는 아빠를 만나서 인생이 꼬이기 시작했대. 내가 고등학교를 다니지 않기로 결정했을 때, 아무도 나한테 관심이 없었어. 하지만 나에겐 꿈이 있었지……"

P는 아무 반응이 없었다. 대신 심각한 얼굴로 커피잔을 뚫어져라 바라보며 말했다. "돌아가면 뉴욕이 그리울 거야." 그러고는 잠깐 생각한 다음 덧붙였다. "그렇겠지?"

"여기 몇 년 있었는데?"

"사 년." 그가 말했다. "넌 어떻게 할 거야? 계속 여기 있을 거야?"

"안 돌아가."

"어떻게?"

"너도, 나도 안 돌아가."

"어떻게?"

나는 침묵했다.

"가서 잠깐 지내다가, 다시 직장 구해서 나와야지. 포르투갈에선 일 구하는 게 쉽지가 않아. 독일로 갈까? 어찌됐든 포르투갈은 싫어."

"왜?"

"지루하고, 숨막혀."

"그럼 뉴욕은?"

"좋은데. 넌 싫어?"

"사람들은 살기 위해 이 도시로 모여든다. 그러나 나에게는, 오히려 여기서 모두가 죽어간다고밖에는 생각되지 않는다."

"그게 뭐야?"

"릴케가 그랬대. 근데 틀렸어. 사람들은 죽기 위해 이 도시로 모여든다. 그리하여 여기에서 모두 살아간다……"

*

주말에 M이 여자친구를 데려왔다. 반짝반짝한 금발머리에 굉장한 미인이었다. 직업은 의사라고 했다. 둘은 도착하자마자 M의 방에 들어가서 나오지 않았다. 다음날에 여자친구가 가고 나서, M이 수요일에 이사를 나간다고 했다.

*

그해 첫눈이 내린 날 저녁, P가 나를 데리고 트라이베카에 갔다. 어둠이 깔린 거리는 낮 동안 내린 눈이 녹아 질척거렸다. 나는 얼마 전 중고품 가게에서 산 뱀가죽 하이힐(육 달러)이 망가질까봐 조심조심 걸었다. 안개와 구름 너머로 희미하게 월드 트레이드 센터 건물이 보였다. 안개와 구름, 짙은 어둠에 둘러싸인 채 밝은 형광 보라색으로 빛나는 그 건물은, 새 아이폰 화면처럼 밝고 선명했다.

우리가 도착한 곳은 고급 퓨전 일식집이었다. P의 전 직장 동료 C를 기다리며 와인을 마시기 시작했다. P에 의하면 C는 한국 출신으로 뉴욕에서 대학교를, 보스턴에서 대학원을 나온 뒤, P가 다니던 직장에 취직했다. 그의 어머니는 미대 교수이며, 얼마 전 은퇴한 그의 아버지는 강남의 대형 로펌에서…… 마치 결혼 중매인처럼 나에게 C의 스펙을 읊어대는 P의 의도가 무엇인지?

얼마 뒤 C가 도착했다. 그는 낮에 내린 눈의 영향으로 차가 막혔다며 거듭 사과했다. P는 나를 여자친구라고 소개했고, C와 나는 악수를 했다. 우리는 요리를 주문하고 와인을 좀더 마셨다. 그날의 자리는 C가 회사일 때문에 P에게 신세를 진 것이 있어서 언젠가 대접하기로 약속했는데, 너무 바쁜 바람에 약속이 점점 미뤄지다가 이제 곧 뉴욕을 떠날 P의 환송 파티 겸 만들게 된 것이라고, C가 한국어로 나에게 설명했다.

"여자친구가 있는 줄 몰랐어요, 그것도 한국 분인 줄……"

나는 말없이 수줍게 웃었다.

그가 나에게 뉴욕에서 뭘 하는지 물었다.

나는 말없이 수줍게 웃었다.

그는 나의 직업이나 지금 하는 일을 궁금해했고, P에게도 앞으로의 계획, 구상, 더 나아가 우리 커플의 공동의 미래와 가능성 따위에 대해 질문했는데, 사실 그게 정말로 궁금해서라기보다는 정말이지 우리가 나눌 말이 없었다. 어쩔 수 없이 C가 자신의 이야기를 늘어놓기 시작했다. 그는 오래 사귄 한국인 여자친구와 내년에 결혼할 것이라고 했다. 그녀는 한국에서 직장을 다니는데 결혼을 하면 그만두고 그를 따라 뉴욕에 오게 될 것이라고 했다.

"그동안 하고 싶어했던 미술사 공부를 하라고 하려구요."

"아!" 나는 감탄하는 척했다.

C가 입을 다물었다.

그리고 잠시 동안 우리는 한국 이야기를 했다. 분위기가 우울해졌다. 와인을 좀더 시켰다.

이어 C와 P가 업계 얘기를 했다. 모두가 취했다.

식당에서 나왔을 땐 바람이 몹시 사나워져 있었다.

우리는 떨며 지하철역까지 걸어갔다.

"저거 되게 이모지 같다, 그렇지 않아요?" 취해서 얼굴이 빨개진 C가 멀리 보이는 월드 트레이드 센터를 가리키며 말했다. 우리는 다 함께 웃었다. 우리는 서로의 미래에 행운이 가득하길 기원하며 헤어졌다.

*

눈이 아주 많이 왔고 굉장히 추워졌다. 바람이 굉장히 사나워

졌고 사람들의 표정이 딱딱해졌다. 집밖으로 나가는 일이 드물어
졌다.

*

나는 방에 틀어박혀 터너의 그림을 보고 또 본다. P는 온종일 거
실에서 축구 경기 하이라이트를 본다. 더이상 아무도 안 온다, 이
집에는. 드물게, 우리는 장을 보기 위해 밖으로 나갔다. 간간이 눈
발이 날리는 해 질 무렵의 거리, 트레이더 조의 입구에는 사람들
이 길게 늘어서 있었다.

*

여권에 찍힌 체류 기한을 확인했다. ××월 16일. 아이폰 캘린
더에 의하면 오늘은 ××월 19일이다.

*

눈 폭풍이 지나간 다음날 아침 P와 함께 밖으로 나갔다. 거리
에는 흰 눈이 발목까지 쌓였고, 가게들은 모두 닫혀 있었다. 차가
끊긴 차도 위를 사람들과 개들이 조심스레 나아가고 있었다. 우

리는 문이 열린 가게를 찾아 코리아타운까지 내려가 커피를 마셨다.

"우리는 언제 쫓겨나는 거지?" 내가 말했다.

"언제라니, 이미 쫓겨난 거지." P가 타이르듯 말했다.

"아!" 내가 말했다. "쫓겨났는데, 근데, 아직도 남아 있는 거잖아. 그러면 뭐지? 귀신 같은 건가?"

"돌아가면 돼……" 그가 고개를 흔들었다. "너도 이제 그만……"

나는 그를 보았다. 혼란스럽고 멍해 보이는 그의 표정이 폭스 TV 뉴스에 등장하는 진정한 실업자 같았다.

*

그날 밤, 나는 홀로 집을 빠져나와 공원으로 향했다. 공원의 입구는 무덤의 입구 같았다. 모든 것이 축축이 젖어 빳빳하게 얼어가고 있었다. 이따금 사납게 웅웅거리는 바람에 벌거벗은 나뭇가지들이 두려운 듯 몸을 떨었다. 커다랗게 퍼져나가는 나 자신의 발소리가 이해할 수 없는 외계의 언어 같았다. 공원 안쪽으로 더 깊숙이 들어갔을 때, 추위에 얼어붙은 몸이 더이상 내 것이 아닌 듯 느껴지기 시작했을 때, 바람이 누그러지더니 사람들이 나타났다. 시커먼 어둠 속 누런 이빨들처럼 사람들의 머리가 돋아나 있었다. 나는 그들이 전혀 두렵지 않았다. 오히려 그들이 나를 두려워하고 있는 듯했다. 나를 보는 그들의 표정은 귀신을 본 사람의 표정이었다. 나는 궁금했다. 그들은 누구이며, 왜 여기를 떠나지 못하고 있는지. 그들도 묻고 싶은 듯했다. 너는 어쩌다가 여기까지 와서 귀신이 되었는가? 왜 이렇게나 멀리까지 와서 떠돌고 있는가? 어떤 희망을 가졌던가? 하지만 우리는 아무런 이야기도 나누지 않았다. 서둘러 공원을 빠져나가는 내 등에다 대고 어떤 사람이 속삭였다. "커피를 마시고 싶어. 아주 뜨겁고 진한 커피를……" 나는 주머니에서 동전을 꺼내 바닥에 뿌린 다음 달리기 시작했다. 두렵고, 나 자신이 수치스러워서 달렸다.

*

어느 날 나는, P의 옷장에서 넥타이를 꺼내 욕실의 샤워 커튼 봉에 묶는다. 단단하게 묶은 넥타이에 목을 집어넣고, 눈을 감은 채, 부들부들 떨다가는 마침내 욕조 턱에서 발을 뗀다. 정신을 차렸을 때, 나는 온통 하얀 공간 한가운데 엎어져 있었다. 천국인가? 내 앞에는 유니클로 팬티를 입은 천사가 서 있었다. 아니 정확히 말해 유니클로 팬티를 입은 천사가 천국으로 향하는 문을 가로막고 있었다. 문 너머 텔레비전이 보였다. 축구 경기가 방송되고 있었다. 이곳이 천국인가? 진짜 천국이란 이런 곳인가? 몸을 살짝 움직이자 옅은 회색의 욕실 러그에 새빨간 피가 번져나갔다. 아주 선명하고, 새것으로, 마치 새 아이폰 화면같이…… 순간 엄청난 고통이 밀려들었다. 그것이 잦아들었을 때 여진처럼 더 강한 고통이 온몸을 덮쳤다. 그것이 몇 차례나 반복되었을까. 더이상 견디지 못한 내 정신이 살갗을 찢고 달아나려 했지만 소용이 없었다. 내 목에 목줄처럼 매인 P의 넥타이에는 휘어진 샤워 커튼 봉이 매달려 있었다. 그 봉이 마치 천사의 날개처럼 내 어깨를 짓눌렀다. 나는 너무 아파서 울었다.

*

그리고 한동안 얌전히 집에 갇혀 P의 간호를 받았다. 그가 약국에서 온갖 약을 산더미처럼 사왔다. 아직 신용카드의 한도가 충분했다며, 그는 애처럼 좋아했다. 그리고 나를 위해 포르투갈식 생선죽? 같은 것을 한 냄비 가득 끓여주었다. 나는 그것을 먹고, 자고, 먹고, 또 잤다. 그러는 동안 그는 소파에 못박힌 듯 앉아 축구를 보았다.

*

이따금 P는 말했다. 자신이 실업자가 아니었을 때의 삶, 나에 대한 생각들과, 요즘 들어 강해진 느낌들…… 이어 자신의 미래에 대해 장황하게 늘어놓다가는 갑자기 포르투갈 말로 중얼거리기 시작했고, 그러면 진지했던 말들은 공기 속으로 흩어져버렸다. 하루는 그가 마치 발표를 하듯 내년에 리스본에 있는 대학원에 진학해서 로켓 공학자가 되겠다는 결심을 전했다. 하지만 발표의 중간 무렵 그의 눈에 깃들어 있던 확신의 반짝거림은 급격히 사라져버렸고 결국 그는 여느 때처럼 조그맣게 포르투갈 말로 중얼거리며 욕실로 들어갔다.

*

"……그리고 네가 나에게 이렇게 손을 흔들었어. 그러고 배에 올라탔는데 그게 타이태닉인 거야. 그렇게 너는 떠났어. 난 완전히 슬퍼하며 꿈에서 깼어."

진지하게 듣고 있던 그가 타이태닉이라는 단어에 웃음을 터뜨렸다.

"웃겨?"

"그럼 내가 레오나르도 디카프리오인 거야?" 그가 낄낄대며 물었다.

"그럼 난 뭐지? 배에 안 탔으니까, 케이트 윈슬렛은 아닌데."

"그럼 내가 탄 배는 가라앉게 되는 건가?"

"그럼 난? 난 뉴욕에 남는 거야? 도대체 뭔 의미지?"

"아무 의미 없어." 그가 말하고 내 옆에 누웠다.

"P."

"응?"

"너는 세상에서 제일 잘생긴 실업자야. 그런데 그게 무슨 소용이람!"

P는 대답 없이 골똘히 생각에 잠겼다.

"무슨 생각 해?"

"직업이라는 것은 무엇일까, 언제 생겨나서, 왜, 인간들은……"

"응? 응?"

그가 포르투갈 말로 중얼거리기 시작했다. 천천히 그의 중얼거림이 흐느낌으로 바뀌었다. 나는 그가 조용해질 때까지 머리를 쓰다듬어주다가 방에서 나왔다.

한 시간 뒤에 그가 방에서 나왔다. 한 손에 커다란 여행 가방을 들고 있었다.

"뭐야? 어디 가?"

그가 나를 향해 손을 흔들었다. "안녕……"

"응?"

"예행연습이야, 작별……"

나는 말없이 그를 보았다. 진짜인가? 그는 떠나는가? 심장이 쿵쿵대기 시작했다. "생각해봤는데," 그가 말했다. "너의 그 꿈 말이야, 타이태닉. 그게 굉장히 의미 있는 꿈인 것 같아. 왜냐하면, 타이태닉이 뉴욕을 떠난다는 건, 미국에 도착했다는 거 아니야. 타이태닉은 미국으로 향하는 첫 항해에 침몰해버려서 미국에서 다시 유럽으로 향할 일이 없었지. 만약 계획대로 미국에 도착했으면, 다시 유럽으로 떠났을 거 아니야. 그걸 위해서 만든 배니까. 그러니까 다시 말해서, 타이태닉이 다시 유럽으로 떠났다는 건, 타이태닉이 뒤집어지지 않았다는 거고, 그것은 다시 말해서 평화롭게, 어, 평화롭게 항해가 시작됐다는 얘기지."

"하지만 넌 영국이 아니라 포르투갈로 떠났는걸."

그가 어깨를 으쓱했다.

"무슨 말인지 모르겠어." 내가 말했다.

"항해를 시작했다니까. 떠났다가, 다시 돌아올 거라고."

"그리고 다시 떠나?"

"어, 그리고 다시 돌아오고."

"왜?"

"왜라니?"

"있잖아, P. 그렇게 헷갈리게 말할 필요 없어. 나를 위로하려는 거잖아. 고마워, 근데 괜찮아. 넌 안 떠나. 나도 안 떠나. 아무도 안 떠나. 우린 계속 여기 있을 거야. 네 방에 영원히 멈춰 있는 터너의 기차처럼……"

"미친년!"

*

　그날 이후 한동안 P가 나를 피해 다녔다. 나 몰래 누군가에게 전화를 걸기도 하고, 메일을 보내기도 했다. 욕실에 처박혀 몇 시간쯤 나오지 않을 때도 있었다. 하지만 그의 반항은 오래가지 못했다. 어느 날 새벽에 그가 침대로 기어들어와 반쯤 잠든 나를 껴안고 사과했다. "미안해…… 떠나지 않을게, 아니 떠나지 않아, 너 없이는 내가 살 수가 없어……"

*

　그러고 나서 한동안 우리는 사이가 좋았다. 어느 때보다 다정했다. 오래된 부부 같기도 했다. 그러니까 그게 닥쳐오기 전까지. 뭔지는 모르겠지만 아무튼 그거. 현실? 글쎄, 뭐 그런 거. 우리가 '유일하게' 갖고 있지 않은. 나는 그가 불안해 보일 때마다 다 잘될 거라 위로했다. 그러면 그는 더 불안해했다. 그렇게 하루가 갔다. 또 하루가 갔다. 그렇게 우리는 지냈다. 신기할 정도로 아무 일도 일어나지 않았다. 파국이 닥치는 데는 의외로 시간이 많이 든다. 허용된 시간 동안 우리는 꽤 많은 일을 할 수 있다. 그게 아무런 의미가 없는 짓이라고 해도. 하지만 내일은 저멀리 있다.

*

어차피 생각은 중요하지 않다. 우리의 생각은 중요하지 않다. 중요한 것은 죽는 것이다. 함께. 우리가 이곳에서 죽어가는 것이다.

*

그해 겨울 가장 어둡고 추웠던 밤, 나는 P를 데리고 공원에 갔다. 며칠째 쏟아지던 눈은 그쳤지만, 대신 모든 게 완벽하게 얼어붙어 있었다. 혈관까지 찢어놓을 듯 사나운 바람 속에서 우리는 떨며 공원을 서성였다. "너에게 이걸 보여주고 싶었어." 내가 말했다. "얼어붙은 흙냄새로 가득한 겨울밤의 공원. 그게 우리가 사는 삶이야. 우린 이미 귀신들이야. 우린 이미 무덤 속을 살고 있는 거야." 나는 너무 추워서 내가 무슨 말을 떠드는지도 몰랐다. "처음 만난 날 네가 나한테 그랬지. 같이 죽으러 가자고. 그건 농담이 아니었지? 맞아. 우리는 함께 죽을 거야. 그때까지 무덤 속 귀신들처럼, 그렇게 함께 헤매 다닐 거야."

*

"요즘 사람들은 어떻게 만나? 어떻게 만나서 어떻게 사랑에 빠져? 무슨 이야기를 해? 뭘 함께해? 뭘 나누고, 어떻게 헤어져? 무엇을 기억하고, 지우고, 또 어떻게 다시 살아가? 모르겠어. 모르겠어. 아무것도 볼 수가 없어. 바람과 얼어버린 흙, 우는 것처럼, 아니 웃는 것처럼 찡그려진 네 얼굴에 가려 아무것도 보이지가 않아……"

지도와 인간

2015년 7월 5일, 엄마와 나, 우리 Big Smile 일당은 at Ladies Lunch, a small Turkish restaurant near 녹사평역. It was a classic 서울 summer afternoon, hot and sticky like a whore's 축축한 혀, playing with drunken lips of 개저씨.

The restaurant was on a small rooftop. Down the street, there were girls in see-throughs and boys on high heels, walking fast and checking out each other. All of them looked the same.

"We must get out of this … place, Mom, immediately." I

said. "Something's very wrong here. I feel like a giant soda-pop flavoured gummy bear."

Mom didn't answer. She was staring at her iPhone and relentlessly tapping on the screen. "Please stop tapping on it, Mom." I didn't say that, instead, I said:

"Are you on TV?"

"It started like this. I met a guy. A nice young fellow from the west, a typical street-smart boy, I mean 촌놈, or was it my pseudo Freudian third-world fantasy on that innocent country?"

He asked me, "TV 나와요?" "Which one? One of those dating shows? 〈짝〉 같은 거?" "You got such beautiful eyes …" He went on.

"I like Korean girls. The beauty from the Far East … Last night I met one of these cuties, at the brand new espresso bar in 홍대. She's a senior editor of a street fashion magazine called Maps. Maybe not. Whatever. Something hipster. Cool, right? Her name was Minji. Do you know her? 왜냐하면 당신이 그 여자와 몹시 닮았거든요."

Of course we all look the same. Silicon and plastic. Why not? I mean "예뻐". Aren't we?

He was laughing because I dunno. Girls in see-throughs and boys on high heels all over Itaewon and I really dunno.

"Mom, I just wanted to feel good. That's why I met these super fucking weird guys who strongly insisted they're Americans. Oh, I know Americans very well! They're 24/7 full of confidence like a fully loaded gun. I admire them, despise them. I'm sick of them, I can't live without them. Whole twenty-four seven I feel sick in terror like the girl in a bell jar … Sometimes I feel unutterably wrong and lonely, so much shame and pain, and it was exactly one of these moments. I have to go. I murmured. He didn't care me, though, that bitch bastard …"

"딸! 엄마가 항상 말했잖아. 이놈 저놈 만나고 다니면 안 된다고. 그런 nobody from who-the-hell-gives-a-shit, 너는 어떻게 매번 그토록 nasty하고 obnoxious, frightening한 남자…… Look honey, 너를 보는 엄마의 심정, 기껏 투자해봤더니 재건축이 반려된 아파트 단지 같다는 생각이…… 들겠니 안 들겠니?"

"하지만 엄마. 엄마가 항상 얘기해왔던 거. 모르는 사람을 믿지 마라. The truth is, 모르는 사람이 누구야? 그럼 아는 사람은? 알아? 어떻게 누구를? 알게 될 수? 결국 아무도 믿지 말라는 거잖아. 니 곁을 떠나지 말라는. 니 곁에 꼭 붙어 있으라는. 절대로 니가 그려논 지도에서 벗어나지 말라는?"

Mom hesitated. There was something very resentful in her eyes, in the way she stopped talking, eating and cast a long dull gaze on her phone. I dunno. Je n'en pense rien, maman, je suis désolée, vraiment désolée, mais maman …

As we stopped talking, the TV came on.

"……우주는 죽음으로 가득차 있습니다. 하지만 달과 함께라면 외롭지 않습니다. 1999년 우리의 곁을 떠난 보이저 203호는 오늘 오후 세시 태양계를 떠나게 됩니다. 아직 한 번도 도달한 적 없는 영역으로 우리 인류는 향하고 있습니다."

아나운서의 멘트와 함께 1999년의 대히트송, 브리트니 스피어스의 〈Baby One More Time〉이 흘러나오기 시작했다. 갑자기 많은 것이 알 수 없어졌다. 그래서 여기가 어딘지, 어떻게 오게 되었고 대체 (우리가) 무엇이 되어버렸는지 홀랑 까먹고 말았다. 엄마가 꼬치에 꿰어진 작은 버섯들을 학대하기 시작했다. 나는 궤도를 이탈해버린 우주선이 된 기분이었다.

(너무 일찍 나 자신이 "알 수 없는 애" "믿지 못할 애"라는 사실을 깨달아버렸다.)

"뭐니?" 마침내 엄마가 물었다. 난 엄마를 봤다. 그녀의 표정에는 그늘이 없었다. 나는 더이상 저항하지 못한 채 나의 역사와 비밀을 털어놓기 시작했다.

내 어머니는 교사였고,
내 아버지는 교사였으며,
내 애인은 교사였고,

나는 좋은 학생이었다

"… my father was an American soldier and my mom was a wartime whore. I learned how to read maps only I was two years old."

"Everything was pink except my dull yellow face."

"But I was pink too. 어느 날 아버지가 방으로 들어오시더니 지도를 주셨습니다."

"I loved them so much. There were houses, buildings and streets, tulips and roses all over there. And those beautiful oceans! They were blue, not pink."

"At 7, I went into a white room and there was a good doctor. She asked me some foolish questions. Then she said that you have to love your life more, enjoy it more which I didn't understand. When I came back home, I googled her name. I visited her Facebook page. She had such a great life. A handsome young gay man as a life partner, two moody dogs, and an ugly stupid baby boy. 그녀의 삶을 이해할 수 있었습니다, 여자로서. I touched her flawless skin on the screen. I touched her tits more than ten times. No reactions. I liked it."

Pause

"My father was a horror-maker and my mom was an American dream. Both were public school teachers. 그들의 얼굴이 어찌나 뭉개져 있던지……"

"내 어머니는 하사였고, 내 아버지는 창녀였다. 어느 날 어머니가 중얼거리는 소리를 들었다. '그년은 절대로 창녀가 될 수 없을 거예요. 걔가 태어나는 날이 대한민국이 망하는 날이랍니다.'"

"This is how I ended up here." I said. "괜찮았어?" 나는 물었다. Mom didn't even say a word. "울어?" It was still a perfect summer afternoon, ten to two, and we didn't have a single idea what we were going to do.

*

1995년 7월 5일 엄마와 아빠, 그리고 엄마 뱃속의 나는 극장에 갔다. 그날 본 영화는 기억나지 않지만 어떤 느낌만은 남아 있다. 예를 들어,

남자의 대사: 내가 여자인지 남자인지는 중요하지 않아. 중요한 것은 내가 박는 편이냐 박히는 편이냐는 거야.

여자의 대사: 내가 박고 싶은지 박히고 싶은지는 중요하지 않아. 중요한 건 어쨌든 나는 박히는 편이라는 거야.

1995년 7월 5일 상영된 그 영화는 로맨스 또는 블랙코미디와 상당히 유사한 누아르, 아니 그게 정말로 영화였는지 소음인지, 빛인지, 혹은 그냥 소리와 빛으로 된 전기산업, 순전한 사기에 지나지 않았을지도 모르는, 아니 이미 완전히 지나가버린 시간들, 기분에 맞게 갈아끼울 수 있는 그렇고 그런 시간들에 지나지 않는 그런 변변찮은 영화였을지도 모른다. 물론 그때 나는 영화를 알지 못했다. 만질 수 없는 화면을 가진, 그 이상한 빛의 더미에 대해서 완전히 몰랐다고 할 수 있다. 나중에 알게 된 바로는, 감독과 제작자, 극장과 관객은 서로 완전히 다른 욕망을 가지고 있으며, 관객이 팝콘 먹기를 후회하기 시작하는 시점, 화면에서는 감독의 실패

한 욕망이 펼쳐지기 시작한다고 한다. 감독은 대개 사기꾼이 된 기분을 지우기 위해(만끽하기 위해) 영화를 만든다. 영화 속에서 남자는 언제나 박기 원하고, 여자는 모호하다. 남자는 섹스를 할 때도 여자를 시야 속에 가두고, 여자는 남자를 똑바로 쳐다볼 때조차 눈동자를 가만두지 못한다.

영화가 끝났을 때, 바깥에는 비가 내리고 있었다. 우리는 여전히 극장 앞에 있었다. 무엇을 해야 할지 알 수 없는 그런 기분. 아빠가 담배를 꺼냈고, 엄마가 어수선한 눈빛으로 하늘을 봤다. 내가 한탄했고, "산통이 시작되었다". 아빠가 한 손에 차 키를 움켜쥔 채 주저앉는 엄마를 질질 끌며 달리기 시작했다.

화면 앞에서(자식을 마주할 때) 관객들은(부모는) 착란에 빠질 준비가 되어 있다. 자막과 외국어, 이미지들로 뒤죽박죽이 된 순간들, 날짜라든가 공간이 (자식의) 눈앞에서 완전히 잊히거나 찢기는 것을 (부모는) 두려워하지(상상하지) 않는다. 서로 모르는 사람들(가족들) 사이에서 마법 같은 순간들이 끝없이 연출되지만 결국 모두가 같은 불안 속에 버려져 있다. 마침내 집으로 돌아와 피곤한 몸을 이끌고 창을 열고(방문을 닫고), 인터넷 평점을 확인한 다음(스마트폰 창의 메시지를 확인한 다음), 단 한 번도 존재한 적 없는 순간을 되살리고 또 가슴속에 파묻으며 눈을 감으면 빛으로 넘실거리는 공포의 순간이(출생의 기억이) 밀려올 뿐이다. (그때 엄마는 빛으로 가득찬 꿈에서 깨어나고 싶지 않았을 뿐.) 단지 상영관의 커튼이 제대로 닫히지 않았을 뿐. (그 씨발년이 나를 빛 속으로 꺼내어, 엄마, 나는 태어나는 순간부터 형광등 불빛이 진짜 진짜 싫었어.)

영화 속에서 여자와 남자는 만났고 헤어졌고 다시 만날 듯했지만 결국 만나지는 않은 채 편지를 주고받았다. 그들이 나누었던 단 한 번의 키스는 서른두 장면을 통해서 회상되었다. 그들은 흑백과 컬러 사이를 산만하게 오갔다. 점멸하는 빛의 섬들, 그것들을 포함하는 수천수만 컷의 지도들, 시간은 흐르고, 불일치들을 오가는 불명확한 지도들이, 그것들이 다시, 내가, 아마도? 하지만 어떤 지도에도 내 위치로 삼을 만한 곳은 존재하지 않는다. (그렇다면 나는 존재하지 않는 것이다.) 내겐 하나의 점도, 선도, 숫자도, 즉 어떤 위치값도 없다. 분명 나는 이렇게 살아 숨쉬고 있는데, 그날 영화관의 기억, 1995년 7월 5일, 아빠한테서 나던 담배 냄새, 그 빛의 다발들이 여전히 내 눈앞에서 폭발하고 있는데⋯⋯

*

꿈에서 나는 극장에 있었다. 불이 꺼지고, 남자와 여자가 화면에 나타났다. 그들은 키스하고 산책을 가고 함께 춤을 췄다. 행복 속에서 여자가 노래하기 시작했다. "Oh pretty baby, I shouldn't have let you go. I must confess that my loneliness is killing me now. Don't you know I still believe that you will be here? And give me a sign. Hit me baby one more time ..."

Then I was in a pink room, where my sister was. She was praying to God. She said that a prayer has the limitless power of God. The power of God, his limitless power of creation and destruction, of nature and his son Jesus, she said, "I've never been to church but I understand Christianity, completely."

She(Minji) said that she used to pray for me to be a good wife. "When your mother had you 20 years ago, she believed that everything is going to be just fine."

"Bullshit." I said.
"Forgive her." Minji said.

Then I was alone in a black room. I started thinking that,

If a "prayer" is limitless and God does exist, the power of God and his prayers must be restricted. The restriction symbolizes God's limitless grace and power. All of a sudden I could feel his grace and power. God, the ultimate opponent of despair and weakness, his omnipotence slowly bestowed upon me which led my soul to the deepest, merciless truth.

"You said maps and the people mother, you told me that you had maps and there were people on it, you said it was a perfect map and I was on it mother, I believed it, but it was a lie you deceived me, maps and the people were your own fantasy"

그녀는 지도가 필요했다 그녀는 인간들이 필요했다 그녀는 나를 가졌다
그녀는 지도를 가졌다 그녀는 인간들을 가졌다
그녀는 충분히 가졌다 아니 그녀는 충분하지 않았다
그녀는 지도가 될 것이다 그녀는 인간이 될 것이다

그러면 나는?

*

지하철 창에 시선을 멈추면 하루 중 가장 냉정한 표정의 도시가 눈앞에 펼쳐져 있다. 곧 너덜너덜해질 저 가소로운 포즈 앞에서, 그 일부조차 아닌 나는 대체 어떤 표정을 지어야 하는지.

"지하철이란 것에 타본 지가 삼십 년은 되는 것 같다."

차분한 표정으로 내 앞에 선 엄마는 늘 그렇듯 방금 사우나를 끝낸 것처럼 매끈한 얼굴이었다. "소개팅에서 한 청년을 만났다. 종로에 가자고 했지. 그는 차가 없었으므로, 우리는 3호선을 탔다. 아직도 생생하게 기억하고 있다. 퇴근시간 사람들로 가득찬 지하철은 숨이 꽉꽉 막혔다. 어떤 여자는 또다른 여자의 스웨터에 반지가 끼어서 비명을 지르며 지하철 밖으로 끌려나갔다가 되돌아왔다. 그 멋없는 소란을 아직까지도 선명하게 기억하고 있다. 사람들은 그런 곳을 지옥이라 부르던데 말이다. 그런데 딸아."

문틈으로 냉기가 스며들고 있었다, 기분 나쁜 냄새처럼.

"얼마 전에 너희 아빠가 지하철에서 살고 싶다고 고백을 해왔지 뭐니? 지하철은 참으로 낭만적인 공간이지 않소? 너희 아빠가 그러더라. 늦은 밤이면 사람들의 거칠거칠한 입술들 틈에서 풍겨오는 김치 냄새, 막차시간 썩은 땀내음으로 가득한 지하철역, 뭐 그런 것들이 자신을 지하철에 사로잡히게 한다고. 하지만 그렇게 말을 하는 아빠는 자기가 말하는 것을 전혀 믿지 않는 표정이더구나. 나는 정말이냐고 되물었고, 아빠는 그렇다고 대답했지만, 그 양반도 삼십 년 넘게 지하철이란 것을 타본 적이 없을 텐데."

엄마는 말을 멈추고 나를 보았다. 우리는 마주선 채 가만히 있었다. 서로를 향해 그 딱딱한 승무원 표정을 짓고서. 엄마는 내가 자신의 거울이라는 사실이 대단히 만족스러운 듯 보였다. 나는 말했다.

"기억나? '돌아온 탕아'라는 제목의 그림, 르네상스 천재가 그렸다는 그 그림을 플로렌스의 무슨 대성당에서 보고 왔다고, 아주 멋졌다고 나한테 세 번이나 말했잖아. '그건 내 딸에게 아주 잘 어울리는 그림이겠다?' 그리고 깔깔 웃은 다음 급하게 식탁에 놓인 화병을 향해 시선을 돌렸잖아. 그날 밤에 엄마가 문자를 보내왔지. '딸아, 명심해라. 엄마는 섹스가 무섭다는 것을.' 엄마는 나를 봐줄 마음이 정말로 없는 거야? 하지만 내가 다시 니 가랑이 속으로 기어들어갈 수는 없는 거잖아. 하지만 정 그게 엄마의 뜻이라면, 그렇다면 들어줄게. 그래, 오늘 나 집으로 돌아가. 다 가져가. 필요 없어."

"내 딸아, 생일을 진심으로 축하한다."

난 엄마를 봤다. 그녀의 얼굴은 어느 때보다 말짱해 보였다. 난 궁금했다. 태어나긴 한 건가, 내가? 진심으로, 이 지하철이 어디쯤 달리고 있는지 알고 싶어졌다. 창밖―창백한 햇살을 받아 빛나는 신식 고층 빌딩들은 보형물을 잔뜩 집어넣은 아저씨의 좆 같고, 거기 어디선가 바짝 마른 구멍처럼 아가리를 벌린 오싹한 현관문, 완벽하게 보존되어 있을 내 방…… 순간 창으로 엄청난 빛의 다발이 쏟아져들어왔다. 오오, 한강, 물결 위로 미끄러지는 황홀한 햇살…… 시간이 흐르는 것은 명백했다. 계속될 거라는 생각이 들었다. 모든 게, 내 삶도 이처럼, 이와 같이, 어제라든가, 십 년 후의 오늘, 내 지난 이십 년과 미래의 이십 년을 모두 합쳐서 뻥튀기해봤자 팝콘 부스러기 하나 떨어지지 않겠지. 그러니까 저기 저 흔들리는 푸른 강물의 조각들을 넋을 잃은 채 바라보고, 사로잡혀, 같은 궤도를 돌며, oh 떠오르는 해, 구름 속으로 스며드는 달, 강물 속으로 녹아드는 햇살의 아름다움을 보고 또 바라보며, 결코 주위는 돌아보지 않은 채…… 그걸 재난이라 부르든 뭐든 상관하지 않겠다. 바라는 게 있다면 그전에, 내가 진짜 망하기 전에 누가 날 지도에서 발견해주길. 제발. 하지만 누구도 지도를 읽을 줄 모른다.

"오늘따라 네 손등이 꼭 지도 같아 보이는구나."

엄마가 내 손을 잡으며 말했다.

*

……전에는 인간들이 말이라는 것을 할 수가 있었다고 한다. 그것이 자해에 가까울지라도. 하지만 내가 말들을 조금은 이해할 수 있게 되었을 때, 게임은 끝나 있었다. 지도는 완성되었고, 내 위치는 아무데도 없었다. 아니, 지도는 끝내 완성되지 못했다. 그 것은 영원히 완성되지 않을 작정이다(그렇다고 한다). 지도가 대 체 어디에 있느냐고, 사람들이 대체 어디에 있느냐고, 묻는 것이 허용된 적이 있었다고 한다. 어리다는 것은 끔찍한 기분이다. 나 체로 모기가 가득한 방에 들어가는 그런 기분. 허물어져가는 뭔 가를 바라보며 사람들은 말한다. "오, 내가 찬란했던 그때." 엄 마가 그랬다. "모기에 엄청 많이 물어뜯긴다고 해서 죽지는 않는 다." 또다른 개소리도 많이 들려주었다. 모르는 사람을 믿지 마라, 어른을 공경해라…… 그것을 신줏단지처럼 모시며 살아왔다. 무 려 이십 년. 1995년 태어났다. 엄마는 창녀였고 아빠는 전쟁 포로 였다. 지난 이십 년간 달라진 것이라곤 엄마의 스카프, 아빠의 차, 내가 꽃같이 활짝 피어나는 사이 모든 게 이렇게 철저히 무너져내 리리라고는……

2부

박승준씨의 경우

어느 일요일 낮 박승준씨는 옷을 줍기 위해 고시원에서 나왔
다. 그는 서울 시내의 한 사립대학에 재학중이었는데 서울의 높
은 물가와 비싼 등록금 때문에 옷을 사는 것은 언감생심, 주워 입
는 것으로 해결하고 있었다. 그가 사는 고시원은 목동의 대규모
아파트 단지 한복판에 있었는데 단지 내 재활용품 수거함을 뒤지
고 다니다보면 종종 쓸 만한 옷을 건질 수 있었다. 운좋게도 훌륭
한 신체조건을 타고난 덕분에 아무 옷이나 그럴듯하게 어울려서
그가 대학 입학 후 주운 옷으로 버티고 있다는 것은 직접 말하지
않는 이상 아무도 눈치채지 못했고 고급 아파트 단지의 분리수거
장을 어슬렁거려도 사람들은 그를 거지보다는 아파트 주민이라
여겼다.

옷을 주우러 가기 전 그는 허기를 채우기 위해 편의점으로 향했다. 컵라면을 하나 골라 계산을 하고 뜨거운 물을 따른 뒤 면이 익기를 기다리며 그는 잡지 코너를 들여다보았다. 매끄러운 재질로 된 패션잡지들의 표지는 화려한 옷을 입은 남자와 여자들로 채워져 있었다. 물끄러미 그것들을 바라보던 그는 한 잡지의 표지에 팬티만 걸친 남자가 양손으로 양복을 찢고 있는 장면이 실려 있는 것을 발견했다. 그는 무의식적으로 찢겨나가는 양복이 아깝다 느꼈고 더 나아가 본인이 바로 그 양복이라도 된 양 아프고 화가 났다. 그는 잡지를 사진 속 양복처럼 찢어버리고 싶어졌다. 하지만 어른답게 분노를 가라앉히고 다 익은 라면을 마시듯이 들이켠 다음 편의점에서 나와 아파트 단지로 향했다.

그곳은 아직 외부인의 출입을 완벽하게 통제하지 않는 20세기 후반에 지어진 중대형 규모의 아파트 단지였다. 입구에서 그는 옅은 카키색 트레이닝복을 입은 젊은 여자가 한 팔에 황토색 강아지를 안고 아파트를 빠져나오는 것을 발견했다. 그는 되도록 무심한 표정을 지으며 여자를 지나쳐 재활용품 수거함 쪽으로 향했다. 곧 수거함이 모습을 드러냈고 그는 핸드폰으로 시간을 확인했다. 아파트 관리인들이 점심을 먹을 시간이었다. 재활용품 수거함은 일련의 거대한 쓰레기통들의 가장 끝에 놓여 있었는데 멀끔한 것이 전혀 쓰레기통처럼 보이지 않았다. 그 안에 든 것들도 마찬가지였다. 손때가 전혀 묻지 않은 커다란 코끼리 인형, 쇼핑백에 가득

든 책(프랑스어 원서와 미, 일 수입 잡지가 포함되어 있었다), 유리로 된 스위스산 생수병, 그리고 그의 목표인 옷이 있었다. 가장 먼저 그가 획득한 것은 보드라운 남색 스웨터였다. 그는 준비해온 신세계백화점 쇼핑백에 재빨리 스웨터를 담았다. 그리고 다시 수거함 속으로 깊숙이 손을 뻗었는데 뭔가 딱딱한 것이 손에 닿았다. 그는 밭에서 배추를 뽑듯이 그 딱딱한 것을 뽑아냈다. 커다란 흰색 쇼핑백이었다. 그는 쇼핑백을 들여다보았다. 안에도 흰색 상자가 들어 있었다. 그는 상자를 꺼내는 대신 살짝 벌려 안을 들여다보았는데 멀끔한 양복이 잘 개어진 채 들어 있었다. 그는 상자를 닫고 주위를 둘러보았다. 한 가족이 근처의 아파트 건물 입구를 나서는 것이 보였다. 그는 쇼핑백들을 챙겨들고 잽싸게 아파트 단지를 빠져나가기 시작했다. 아파트 입구에 거의 닿았을 때 그는 아까 강아지를 안고 나갔던 여자가 돌아오고 있는 것을 발견했다. 여자의 손목에는 근처 빵집의 비닐봉지가 걸려 있었다. 그는 당황하여 걸음을 빠르게 해야 할까 느리게 해야 할까 고민하다가 발이 꼬여 넘어질 뻔했으나 다행히 넘어지지 않았다. 새빨개진 얼굴의 그가 이제는 손에 닿을 정도로 가까워진 그녀를 보았다. 여자도 그를 보고 있었다. 아니 정확히 말하자면 그가 든 쇼핑백을 보고 있었다. 그도 그가 든 쇼핑백을 내려다보았다. 다시 여자를 보자 여자가 그를 보고 있었다. 그가 긴장을 감추기 위해서 미소 지었다. 그러자 여자도 미소 짓는 게 아닌가. 그가 완전히 당황하여 졸도하기 직전, 멀리 신호등의 신호가 바뀌었다. 그는 손을 뻗어 신호등을 가리켰다. 여자가 고개를 돌려 신호등을 보았다. 그러고 나서 다시 그를 보았는데, 그는 이미 횡단보도를 향해 전속력으로 달리고 있었다.

*

박승준씨는 거칠게 숨을 몰아쉬며 방문을 닫았다. 불을 켜자 손바닥만한 방이 눈에 들어왔다. 그는 쇼핑백들을 내려놓고 땀으로 범벅이 된 얼굴을 티셔츠 소매로 대충 닦았다. 그리고 침대에 주저앉아 멍하니 반대편 허공을 바라보다가 문득, 바닥에 놓인 쇼핑백들을 향해 시선을 돌렸다. 상당히 비현실적인 물체로 보였다. 한참 뜸을 들인 뒤에야 그는 쇼핑백들을 향해 손을 뻗을 수 있었다. 먼저 남색 스웨터를 꺼내 살펴보았다. 꽤 낡았지만 질이 좋아보였다. 코를 가까이 대자 희미하게 섬유유연제 냄새가 났다. 뒷목에 달린 보라색 라벨에 영어로 랄프 로렌이라고 쓰여 있었고 재질 표시 탭에는 백 퍼센트 캐시미어라 쓰여 있었다. 자세히 살펴보자 왼쪽 소매 끝에 아주 작게 구멍이 나 있었지만 언뜻 보면 거의 눈에 띄지 않았다. 그는 스웨터를 입은 다음 방문에 달린 거울 앞에 섰다. 팔이 살짝 길긴 했지만 전체적으로 아주 좋았다. 기분이 좋아진 그는 거울에 이쪽저쪽 몸을 비춰보았다. 확실히 좋았다. 만족한 그는 대담하게 문제의 흰색 쇼핑백을 집어들었다.

쇼핑백의 한복판에는 검은색으로 간단하게 Dior라고 쓰여 있었다. 디오르…… 디오르…… 그는 중얼거리며 상자를 꺼냈다. 상자에도 마찬가지로 Dior라 쓰여 있었다. 상자를 열자 검은색 양복이 나타났다. 그것은 한눈에도 대단히 비싸 보였다. 어쩌면 자신이 평생 사 입어볼 일이 없을 정도로 비싸다는 것을, 아니 자신의 삶이 그런 양복을 필요로 할 정도로 드라마틱해질 리가 없다는 것을 그는 확신했다. 그는 양손으로 흰색 상자 뚜껑을 꼭 쥔 채 양복을 바라보았다.

놀랍게도 양복은 맞춘 듯 그의 몸에 딱 맞았다. 게다가 단지 옷이 바뀐 것뿐인데 전보다 훨씬 더 잘생기고 멋있어 보였다. 최고의 미인과 사귀며 페니스의 사이즈도 좀더 클 것 같았다. 좋은 학교를 다니며 좋은 집에 살 것처럼 보였다. 5개 국어를 할 줄 알고 미국 시민권이 있으며 BMW를 끌고 다닐 것처럼 보였다. 그는 그렇게 상상의 나래를 펼쳐가다가 자신이 진짜로 그런 굉장한 남자라는 착각에 빠지기 직전 가까스로 거울에서 눈을 떼고 옷을 벗었다. 원래의 옷차림으로 돌아온 그는 다시 고시원에 어울리는, 등록금에 허덕이며 미래가 불안한 요즘 젊은이가 되어 있었다. 그는 양복을 잘 개어 상자에 넣은 뒤 침대에 누워 낮잠을 청했다.

*

    금요일 저녁 여느 때처럼 아무런 약속도 없는 박승준씨는 컴퓨터 앞에 앉아 라면에 밥을 말아 김치와 함께 먹고 있었다. 그의 계획은 늦은 새벽까지 온라인 게임을 하다 지쳐 쓰러져 잠이 드는 것이었다. 그는 김치를 씹으며 게임 관련 온라인 커뮤니티의 자유 게시판을 클릭했다. 첫 페이지 중간쯤 '금요일인데……'라는 제목의 게시물이 보였다.

    제목: 금요일인데……

    작성자: 박카스200병

    내용: 지난주에 여친이랑 깨지고…… 금요일 밤인데 할 게 없네요…… 친구들도 다 바쁜 것 같고…… 외롭다고 여친한테 다시 연락하면 안 되겠죠? 아…… 딸이나 쳐야 되나.

    그 게시물에는 공감 백육십사 개가 표시되어 있었고 열 개가 넘는 댓글이 달려 있었다. 일찍 잠이나 자세요, 중독성 있는 미드 추천해드릴까요, 난 문명이나 하겠다, 오늘 맨유 경기하는데 그거 보시죠, 야동 보내드릴까요, 여친한테 절대 연락하면 안 된다 그것은 스스로 무덤을 파는 짓이다 내가 해봐서 안다, 진짜 심심하네요 과제는 하기 싫고, 저도요, 저도요, 외롭다, 외롭다, 외롭다…… 스크롤을 내려 모든 댓글을 읽은 그는 약간 우울해졌다. 아니 몹시 우울해졌다. 저 찌질한 자들과 자신이 다를 바 없다는 점이 그를 슬프게 했다. 그는 울적한 마음에 컴퓨터를 끄고 주위를 둘러보았다. 좁고 황폐한 방이 눈에 들어왔다. 바닥에는 컴퓨터와 핸드폰과 전기면도기의 충전기 선이 어지럽게 널려 있었다. 책상 위에는 열심히 공부하겠다고 마음먹고 샀지만 한 번도 펴보지 않은 두꺼운 금융회계 책이 얌전하게 놓여 있었다. 그는 침대에 누워 천장을 바라보았다. 아무 생각도 떠오르지 않았다. 다만 천천히 시간이 흘러가는 것이 느껴졌다. 양손으로 얼굴을 문지르던 그는 짜증이 솟구쳐오르는 것을 느끼고 다리를 휘둘렀다. 그러자 왼쪽 발가락 끝에 뭔가 걸리는 것이 느껴졌다. 그는 발을 좀더 세게 휘둘렀고 그러자 툭, 하고 뭔가가 바닥에 쓰러졌다. 그는 몸을 일으켜 소리가 난 곳을 보았다. 며칠 전에 주워온 양복이 든 흰색 쇼핑백이 쓰러져 있었다. 그는 넘어진 쇼핑백을 다시 세웠다. 그리고 쇼핑백의 모서리를 만지작거리다가 자리에서 일어났다. 그는 먹다 남긴 라면과 김치를 공용 부엌으로 가져가 설거지를 한 뒤 샤워실로 가서 샤워를 하고 머리를 감았다. 그리고 방으로 돌아와 깨끗한 속옷으로 갈아입고 얼굴에 스킨과 로션을 꼼꼼히 바른 뒤 거울을 보며 머리를 정돈하고 쇼핑백에서 양복을 꺼냈다. 그것은 여전히 비싸고 새것으로 보였다. 그는 일단 바지를 입었는데 그러고 나서 망설이기 시작했다. 재킷 속에 뭘 입어야 할지 알 수가 없었던 것이다. 그는 가지고 있는 얼마 안 되는 티셔츠를 모두 꺼내서 늘어놓았다. 모두가 이 양복과 비교해서 형편없이 떨어져 보였다. 이 옷 저 옷을 들여다보던 그는 이내 지쳐버렸다. 결국 자포자기의 심정으로 여름 내내 유니폼처럼 입고 다니던, 역시 근처 아파트 단지의 재활용품 수거함에서 주워온 흰색 면티를 입었다. 그리고 재킷을 걸치고 거울을 봤는데 그 너덜너덜한 흰색 면티와 재킷이 의외로 멋들어지게 어울리는 것이었다. 기분이 좋아진 그는 마지막으로 한번 더 머리를 정리한 뒤 핸드폰과 지갑을 주머니에 넣고 고시원을 나섰다.

*

 버스정류장에 도착한 박승준씨는 강남 방향 버스의 번호와 도착시간을 확인했다. 버스를 기다리는데 이상하게도 사람들이, 특히 여자들이 그를 흘끔흘끔 쳐다보는 느낌이 들었다. 단지 기분의 문제인가 실제로 그런 일이 벌어지고 있는가 혼란스러운 가운데 버스가 도착했고 그는 차에 올라탔다. 그는 한 여자의 옆에 앉았는데 마찬가지로 그 여자가 자신을 흘끔흘끔 쳐다보는 느낌이 들어서 망설이고 또 망설이다가 고개를 돌려 그 여자를 보았는데 진짜로 자신을 보고 있는 것이 아닌가. 더 놀라운 것은 그가 자신의 시선을 눈치챘다는 것을 확인하고서도 전혀 동요하지 않고 계속해서 그를 바라본다는 것이었다. 대담한 여자다. 민망해진 그는 주머니에서 핸드폰을 꺼내 들여다보기 시작했다. 그는 내릴 때까지 핸드폰을 손에서 놓지 않았다.

그가 내린 곳은 신사역 앞이었다. 약간 망설이던 그는 가장 많은 사람들이 향하는 쪽으로 걷기 시작했다. 금요일 밤, 거리는 멋진 사람들로 가득했다. 그는 반사적으로 위축되었으나 이내 자신이 그들과 비교해 부족할 것이 없다는 점을 깨닫고는 어깨를 쫙 펴고 인파 속으로 섞여들었다.

그는 그 동네에 몇 번 와본 적이 있었다. 대학 입학 직전 지하철 택배 일을 할 때였다. 신사역과 압구정역 사이 옹기종기 모여 있는 패션잡지사나 사진 스튜디오에서 이따금 급한 서류 배달을 요청해왔다. 그때는 그곳이 지금처럼 유명세를 타기 전이라서 인적도 드물었고 대형 프랜차이즈 카페도 없었다. 대신 비쩍 마른 여자들과 옷차림에 지나치게 신경을 쓴 남자들만이 간간이 보이던 그 동네가 그에게는 완전히 딴 세계로서 광화문이나 삼성동 같은 직장인들의 세계와는 또다른 의미로 그를 주눅들게 했다. 그리고 많은 시간이 흘러 다시 방문한 그곳은 전혀 알아볼 수 없을 정도로 엄청나게 달라져 있었다. 그는 거리의 빠른 변화가 감탄스러운 한편 그 변화를 따라잡지 못하는 자신이 진화에 실패한 유인원처럼 느껴졌다.

걷는 동안 상점들의 화려함은 더 과격해졌고 사방에서 다가오

는 늘씬한 여자들과 남자들의 짙은 향수 냄새 때문에 그는 정신을
차릴 수가 없었다. 모두가 모두를 아래위로 훑으며 지나갔다. 길
가에 늘어선 카페의 테라스에서는 잘 차려입은 여자와 남자들이
쿨한 표정으로 거리를 관망하고 있었다. 그는 배가 고팠는데 그곳
의 모든 음식점이 비싸 보였다. 피곤해서 어딘가에 주저앉고 싶었
지만 그러면 자신이 걸친 비싼 옷이 망가질까 두려웠다. 또 건너
편에서 더 많은 사람들이, 더 많은 사람들이 다가오고 있었다. 결
국 그는 견디지 못하고 방향을 틀어 인근의 으슥한 골목길로 향했
다. 그곳은 방금 빠져나온 곳과 딴판으로 한적해서 그는 당황했
다. 문 닫은 고급 여성복 상점들과 간판이 달리지 않은 작은 술집
들을 지나쳐 정체를 모르겠는 그러나 환하게 불이 켜져 있고 그
안은 사람들로 가득한 어떤……

"저기요."

누군가 그의 귀에 대고 속삭이는 듯한, 작지만 명료한 소리에
그는 깜짝 놀라 멈춰 섰다. 그 소리는 자신이 방금 지나친 정체불
명의 장소에서 들려온 것이었다. 그는 조심스레 뒤를 돌아보았다.
정체불명의 가게 앞, 한 여자가 담배를 피우고 있었다. 잘 차려입
은 미인이었다. 짙은 갈색의 웨이브 진 머리가 허리까지 치렁치렁
했고, 검은색 털조끼 안에는 반짝거리는 재질의 짧은 원피스를 입
고 있었다. 발목까지 올라오는 베이지색 부츠는 굽 높이가 두 뼘
은 되어 보였다. 눈화장을 짙게 해서 가뜩이나 큰 눈이 더 커 보였

고, 높고 뾰족한 콧날로는 A4용지 정도는 문제없이 자를 수 있을 것 같았다. 그런 여자가 웃으며 그를 향해 손짓하고 있었다. 그는 홀린 듯 다가갔다.

"안녕하세요." 여자가 인사했다.

"안녕하세요……"

여자가 웃음을 터뜨렸다.

"기억 안 나시는구나? 얼마 전에 아파트 입구에서 뵈었는데……"

"예?"

"정말 기억 안 나시는구나?"

그는 정말로 기억이 안 났다. 난감해하며 여자를 쳐다보는데 문득 얼마 전 옷을 주우러 갔을 때 아파트 단지 입구에서 본 한 팔에 강아지를 안은 여자가 떠올랐다.

"아……"

"이제 기억나세요?"

"아, 네. 옷차림이 많이 달라지셔서……"

"저도 못 알아볼 뻔했어요, 옷차림이 달라지셔서."

여자가 장난스럽게 받아쳤다.

"그런데 여긴 웬일이세요? 약속?"

"아뇨, 그냥……"

"바람 쐬러 나오셨구나."

여자의 손에 들린 핸드폰이 울리기 시작했다.

"잠깐만요."

여자가 핸드폰을 귀에 대며 말했다. 그가 고개를 끄덕였다. 여자는 전화 통화를 이어나가는 한편 담배를 끄고 자연스럽게 그의 팔에 팔짱을 낀 다음 문제의 가게로 진입했다. 그의 심장이 터질 듯 두근거리기 시작했다. 하지만 그는 포획된 토끼처럼 아무런 저항도 할 수 없었다……

*

가게 안의 풍경은 예상보다 기괴했다. 여자들은 하나같이 커다란 눈에 코가 뾰족했으며 다리는 부러질 것같이 가늘었고 무엇보다 붙여넣기를 한 것처럼 똑같은 웃음이 인상적이었다. 남자들은 대체적으로 뿔테안경을 쓰고 머리 스타일이 특이했으며 바지 아래 살포시 드러난 발목이 몹시 느끼해 보였다. 그들은 사람 좋은 미소를 지은 채로 한 손에 술잔을 들고 가게 안을 어슬렁거리고 있었는데 언뜻 봐도 대단히 어색해하는 듯했다.

"……그래, 내가 다시 전화할게."

여자가 전화를 끊었다. 그리고 마침내 그의 팔을 놓았다. 그는 여자를 보았고 그러자 여자가 웃었고 그는 그 여자 또한 이곳의 다른 여자들과 같은 방식으로 웃는다는 사실을 발견했다.

"바쁜데 잡은 거 아니죠?"

"아, 뭐, 예."

"근데 몇 동 사세요?"

"네?"

"우리 아파트 사는 거 아닌가?"

"아아, 아뇨, 친구한테 뭘 좀 받을 게 있어가지구……"

그의 목소리가 기어들어갔다.

"그렇구나. 그럼 어디 사세요?"

"저는 그 건너편에……"

"아아, 아이파크 사시는구나."

"예? 아……"

"이름이 뭐예요?"

"저요? 박승준이라고……"

"오, 박승준씨? 반가워요. 학생이세요?"

"네."

"그렇구나, 저도 학생이에요."

그는 고개를 끄덕였다. 여자가 그를 빤히 쳐다보았다. 그도 여자를 빤히 쳐다보았다. 여자는 말이 없었다. 그가 가까스로 입을 열었다. "이름이 뭐예요?"

*

여자의 이름은 김민영이었다. 그녀는 서울 시내의 유명 예술대학에서 시각디자인을 전공하고 있으며, 곧 졸업을 하면 뉴욕이나 런던으로 유학을 갈 생각이라고 했다. 그는 어느새 칵테일을 홀짝 홀짝 마시며 민영의 비현실적인 말들에 고개를 끄덕이고 있었다. 그는 자신의 정체가 탄로날 것이 두려워 취하지 않을 수 없었다. 하지만 취해갈수록 취한 나머지 스스로 자신의 정체를 탄로시킬까 두려워졌다. 하지만 결국 될 대로 되라는 심정에 빠져들기 시작했다.

그 정체불명의 가게에서 벌어지고 있는 것은 민영의 친구들이 모여서 기획한 전시회 겸 파티였다. 그는 텔레비전 드라마나 영화 같은 데서만 보던 그런 일을 직접 경험하는 것이 신기했다. 그녀의 말에 따르면 그곳에는 저명한 예술대학 교수, 유명 패션잡지 에디터, 사진작가, 시인, 인디영화 감독, 디자이너, 유학파 모델, 준연예인, 그리고 런던의 유명 예술대학 재학생 등이 있었다. 그는 그 화려한 사람들을 바라보았다. 바라보면 바라볼수록 아무것도 이해가 되지 않았다.

민영은 갑자기 사라졌다가 한참 뒤에 돌아오기를 반복했고 돌아올 때면 어김없이 새로운 사람들과 함께였다. 그는 인사했고, 이야기했고, 하하 웃고 건배했다. 그는 곧 김민영씨의 친구라는 타이틀을 갖게 되었는데 그것은 아주 잘된 일이었다. 그 딱지를 보이면 모든 것이 무사통과였다. 모두가 그를 향해 따뜻하게 웃어 주었다.

또다시 그녀가 사라진 뒤 혼자 남은 그는 구석에 놓인 의자에 주저앉았다. 반대편 벽에는 한 여자가 하회탈을 쓰고 거리를 걷는 영상이 비춰지고 있었다. 여자는 하회탈을 쓴 채로 버스를 타고 커피숍에서 주문을 하고 극장에서 영화를 보았다. 간판과 표지판을 보아 그곳은 한국이 아니었다. 뉴욕인가? 그는 눈을 감고 생각했다. 나는 지금 뭘 하고 있는 건가. 집엔 언제 가지. 차가 곧 끊길텐데. 이 전시회 겸 파티라는 것은 언제 끝나는가? 이 행사를 열기 위해서 얼마의 돈을 들였을까? 그 돈은 어디에서 나오나? 많은 의문이 떠올랐지만 답은 알 수 없었다. 그는 이 행사와 아무 관련 없었다. 그곳의 사람들과도 아무 관계가 없었다. 그렇게 아무 상관도 없는 채로 그는 거기 앉아 있었다.

눈을 뜨자 모르는 남자가 이상한 미소를 지으며 그를 내려다보고 있었다.

그는 반사적으로 자리에서 일어났다. 남자는 짙은 회색 조끼에 체크무늬 바지를 입고 갈색 구두를 신고 있었다. 머리에는 동그란 모자를 쓰고 어두운 실내에 어울리지 않게 선글라스를 끼고 있었다.

"안녕하세요?"

남자는 그렇게 말하고는 선글라스를 벗은 다음 그에게 악수를
청했다.

"안녕하세요." 그도 인사했다.

"디올?" 남자가 물었다.

"예?"

"디올 맞네. 그거 아직 서울에 안 들어온 건데. 어디서 샀니? 도
쿄? 파리? 암튼, 잘했어. 예뻐."

그는 남자가 그의 옷에 대해 말하고 있다는 것을 깨달았다. 그
는 민영이 돌아오기 전에 어서 남자가 말을 멈추고 사라지기를 기
도했다.

"안에 입은 티셔츠는 어디 거예요?"

"아, 이건……"

"아크네? 릭 오웬스? 아아, 대답하기 싫으면 안 해도 돼요. 처
음 만난 사람한테 내가 너무 무례했네. 내 소개 할게요. 나는 주해
철, 패션 사진을 찍어요. 가끔 칼럼도 쓰는데, 그건 쓰레기고. 아
무튼 스타일이 인상 깊어서 말 걸었어요. 알죠, 칭찬인 거? 그쪽은
뭐 해요? 학생?"

"네, 저는 김민영씨 친구……"

"아, 민영양 친구였어? 그럼 디자인 쪽?"

"아뇨, 저는 행정학과 다니는데요."

"그래요?"

"네." 그는 남자를 똑바로 쳐다보았다. 그리고 말했다. "그리고 이 티셔츠 주운 건데요."

남자가 웃음기 없는 얼굴로 그를 빤히 보았다. 좆 됐구나, 생각하는데 갑자기 남자가 하하하 웃음을 터뜨리며 말했다. "이 친구 힙스터네."

"네?"

"힙스터 몰라요? 아, 그러고 보니 그 신발은 리복 클래식인가?"

남자가 그의 신발을 가리키며 말했다.

그는 진정 모든 것이 끝장났다고 생각했다. 그렇다. 그는 육 년 전 셋째 고모가 생일선물로 사준 너덜너덜한, 로고마저 지워지고 바닥이 뜯어지기 일보직전인 리복 운동화를 신고 왔던 것이다. 그것은 마땅히 다른 신발이 없어서이기도 했고 또 미처 신발까지 신경을 써야 한다는 것을 깨닫지 못했기 때문이기도 했다. 그가 거의 울 듯한 표정으로 남자를 봤고 동시에 민영이 소리치며 둘을 향해 다가오기 시작했다. 그녀는 그의 리복 운동화를 보고 있었다.

"앗, 그건 2004년 한정판 리복 클래식 트레이너잖아!"

그는 어리둥절하여 남자와 민영을 번갈아가며 바라보았다.

"역시, 이 친구 힙스터야."

남자가 하하하 웃으며 말했다. 민영도 하하하 웃었다.

"박승준씨 힙스터군요."

민영이 눈을 가늘게 뜨고 놀리듯이 말했다.

그는 완전히 혼란에 빠진 얼굴로 둘을 번갈아 바라보았다.

"뭐라고, 힙스터? 어디? 어디?"

또다른 여자가 그들을 향해 다가왔다. 역시 눈이 크고 코가 뾰족한 여자로 옅은 파란색 스트라이프 셔츠에 통이 넓은 검은 바지를 입고 목에는 진주목걸이를 주렁주렁 걸고 있었다.

"여기, 박승준씨, 진정한 힙스터께서는 신상 디올 슈트에 길에서 주운 티셔츠, 그리고 2004년 한정판 리복 클래식 트레이너를 매치하고 계십니다."

민영이 장난스러운 톤으로 하지만 다소 엄숙하게 여자를 향해 말했다. 여자가 재빨리 그를 아래위로 훑어보더니 오, 하고 탄성을 내뱉었다. "과연, 힙스터네요."

이어 남자가 어디서 났는지 커다란 카메라를 들이밀며 말했다.

"박승준씨, 사진 한 장 찍어도 될까? 내가 운영하는 블로그가 있는데 거기 한 장 올리고 싶어서. 돈은 못 주지만 언제 내가 술 한잔 살게요. 이따가 전화번호 줘, 응?"

"우와, 유 워 토털리 스매시드 라스트 나이트 닷컴에 박승준씨 사진 올라가는 건가요?"

진주목걸이를 한 여자가 놀랍다는 듯이 말했다.

"멋지다!"

민영이 소리치며 박수 쳤다.

"박승준씨, 찍어도 돼? 안 돼? 빨리 대답해줘. 나 카메라 무거워. 팔 떨어지겠어."

남자가 재촉했다.

완전한 혼란 속에서 그는 고개를 끄덕였다. 남자가 벽에 걸린
그림들을 배경으로 몇 장의 사진을 찍었다. 그리고 건배! 남자는
그와 민영, 그리고 진주목걸이를 한 여자에게 데킬라를 한 잔씩
돌렸다. 그는 그것을 원샷했고 그러자 속이 울렁거렸다. 그는 화
장실에 가서 토했다.

*

화장실에서 돌아온 박승준씨는 시간을 확인했다. 생각보다 훨
씬 많은 시간이 흘러 있었다. 사람들도 많이 사라지고 없었다. 그
는 민영을 찾았다. 그녀는 구석 의자에 다리를 꼬고 앉아 있었다.
그는 어색하게 다가갔다.

"민영씨……"

"으응, 승준씨. 꽤 늦었죠? 집에는 언제쯤 갈 생각이에요?"

민영이 물었다.

"글쎄요, 일단 차가 언제까지 있는지 알아보고."

"차라면 버스? 차 안 가지고 나왔어요? 목동 가는 거 끊겼을 텐
데."

"일단 알아보려고요."

"그러지 말고 내 차 타고 가요."

"민영씨 차가 있어요?"

"걱정 마요. 대리 부르면 돼."

"아……"

"오 분만, 오 분만 있다가 가요. 나 머리가 아파서……"

"술 많이 마셨어요?"

"아니, 그런 거 아니고."

민영이 웃으며 고개를 흔들었다. "우리 동네 가서 한잔 더 할까요?"

"네?"

"나 근처에 괜찮은 데 아는데."

"아, 그것은……"

"왜요, 승준씨네 집에서도 엄청 가까워. 주말이잖아요. 벌써 집에 들어가기 아깝잖아요."

"아, 하지만……"

"쳇. 그럼 말아. 집에 가자. 굿 보이!"

민영은 삐친 표정을 짓더니 핸드폰을 꺼냈다. "여보세요, 대리기사님 부르려고 하는데요……" 그녀는 핸드폰을 귀에 댄 채 그를 보며 미소 지었다. "네, 여기가 어디냐면요……" 그녀는 익숙한 듯 그곳의 위치를 설명하고 전화를 끊었다. "금방 온대요. 오면 바로 나가요. 괜찮죠?"

민영이 그의 팔을 잡았다. 그는 넋이 나간 표정으로 고개를 끄덕였다.

*

민영의 말대로 금세 대리 기사가 도착했다. 민영은 일어나 비틀대며 사람들에게 인사했다. 너무 심하게 비틀대는 나머지 그가 거의 껴안다시피 부축해야 했다. 끝이 없을 듯 긴 환송 끝에 둘은 겨우 거리로 나왔다. 거리는 죽은 것처럼 조용했다. "저쪽요, 저쪽으로 가요." 민영이 손을 뻗어 맞은편 거리를 가리켰다. 그는 한 팔에 민영을 끌어안은 채 차도를 가로지르기 시작했다. 그때였다. 갑자기 민영이 비명을 지르며 그를 밀쳐내고 반대편으로 달아났다. 그는 어리둥절하여 뒤를 돌아보았다. 커다란 검은 차가 헤드라이트도 켜지 않은 채 엄청난 속도로 그를 향해 달려오고 있었다. 아니 그가 그 차를 발견했을 때는 차가 이미 그를 덮치는 중이었다. 그를 덮친 뒤에도 차는 멈추지 않고 한참을 달리다가 길 끝에 있는 불 꺼진 김밥천국을 들이받고서야 멈춰 섰다. 다시 조용해진 거리, 민영의 비명소리가 울려퍼졌다. 사람들이 사고 현장을 향해 다가오기 시작했다.

카레가 있는 책상

꿈에서 관리실 형이 도끼로 커다란 나무를 베었다. 그리고 불을 붙여 태웠다. 아주 잘 탔다. 깨어보니 온몸이 땀에 절어 있었다. 에어컨이 안 나온다. 관리실 형한테 물어보니 고장났다고 했다. AS센터에 전화를 걸었는데 월말이라 일이 많아서 고치러 오는 데 시간이 걸린다고 한다. 월말이랑 에어컨이 고장나는 게 무슨 상관인지 모르겠다. 너무 더워서 내가 지금 무슨 말을 하고 있는 건지 모르겠다. 몸의 모든 구멍에서 땀이 흘러나오고 있는 것 같다. 컴퓨터와 핸드폰도 나만큼이나 달아올라 있다. 전자제품이 뜨거워지는 건 멋지다. 나처럼 살아 있는 것으로 느껴지니까. 이 방에 나 빼고도 살아 있는 게 몇 개쯤 더 있는 것만 같으니까. 그렇다고 덜 외로워지는 것은 아니지만.

보통때는 에어컨이 아주 잘 나온다. 너무 추워서 이불을 뒤집어 쓰고 있어야 할 정도다. 특히 책상 앞이 추운데, 에어컨 바람이 직통으로 쏟아지기 때문이다. 완전 냉장고 속 같다. 하지만 지금은 상상도 안 된다. 너무 덥다. 방금 떠오른 계획은, 집 앞 커피숍으로 도망가는 것이다. 하지만 그러려면 씻어야 하는데 귀찮다.

멀리서 세탁기 돌아가는 소리가 들린다. 머리 위에서는 발소리, 웃음소리도 들린다. 위층에서는 항상 여러 가지 소리가 난다. 여자들이 내는 소리다. 그년들이 매일매일 무슨 짓을 하는 건지 짐작도 못하겠다.

나는 땀을 뻘뻘 흘리며 키보드를 두드린다. 오직 모니터만 목격할 수 있는 멍한 표정을 짓고서.

문밖에서 세탁기 소리가 없어지고 사람들의 발소리가 나타났다. 어떤 것은 조심스럽고 어떤 것은 무례하다. 어떤 것은 꽤 오랫동안 방문 앞을 맴돌며 쾅쾅거리기도 한다. 그럴 때 그 발의 주인들은 전화를 하거나 대화를 나누고 있다. 어떤 목소리는 한국어이고 어떤 목소리는 외국어다. 어떤 목소리는 알아듣기 편하고 어떤 목소리는 거의 알아들을 수 없다. 어떤 자는 들으란 듯이 크게 이야기한다. 그 이야기의 내용은 로스앤젤레스의 발전하는 대중교통 시스템에 대한 것인데 그것을 문안에 있는, 그렇다고 간주되는 나에게 전달함으로써 무엇을 증명하려는지 알 수 없다. 그것이 뭘 의미하든 솔직히 관심 없다.

나는 관심 없다. 다른 사람들에게도 그렇게 보일 거라 생각한다. 그 무관심이 사람들을 화나게 하는 것이다. 그것은 이런 식이다. 카레 냄새가 난다는 것이다(내가 인도에서 온 불법체류 노동자라고 생각하는 것이다). 그에 관해 얼마나 큰 분개가 쏟아지는지 나는 자주 악몽을 꾼다. 내가 어떤 병든 닭의 목을 졸라 죽이는 것이다. 그러고 나서 미안한 마음에 울면서 죽은 닭을 주방과 식당을 가르는 파티션 위에다가 올려놓는다. 방으로 돌아오면 컴퓨터 앞에 카레 밥상이 차려져 있다. 닭고기 카레인데 아주 이상한 맛이 난다.

내가 카레를 많이 먹는 것은 인정한다. 그 이유는 간편하고 맛이 있기 때문이다. 적당히 자극적이지만 라면보다는 몸에 좋다는 느낌을 준다. 그런데 여기서 강조하고 싶은 것은 내가 먹는 것은 정통 인도식 커리 같은 게 아니고 동네 마트에서 묶음으로 싸게 파는 인스턴트 카레라는 것이다. 인도인에게 권한다면 코웃음을 치며 거절할 것이다. 하지만 나한테는 적절하다. 카레를 먹으면서 나는 이런저런 것을 한다. 세상을 연구하기도 한다. 밖에서 본 것들, 주방에서 전자레인지를 돌릴 때 창밖에서 움직이던 것들, 밤에 역 앞 카페에서 사람들이 나누던 대화에 대해서 생각한다. 내 앞에 앉아 있던 멀쩡하게 차려입은 멀쩡해 보이는 남자 혹은 여자, 하지만 들고 있는 핸드폰에다가 굉장히 황당한 것을 적고 있었을지도 모른다. 친구에게 나를 욕하는 메시지를 보내고 있었을 수도 있다. 아니, 분명 그랬을 것이다. 억울하다. 나는 그저 아주 잠깐 카페 의자에 앉아 있었던 것뿐인데. 나를 더러운 공짜족이라고 비난하며 세상을 개탄했을 게 분명한 그 여자의 나이는 많아봐야 스물셋, 넷. 핸드폰을 들여다보는 것으로 세상을 배웠겠지, 나처럼 말이다. 쌍년. 결국 나도 이렇게 아무 증거 없이 전혀 알지도 못하는 사람에게 화를 내고 말았다. 그러고는 모든 게 두려워져서 방구석으로 도망을 친다. 참 나, 말을 말아야 한다.

*

나와 같은 층에 사는 남자들은 햄버거를 자주 사다 먹는다. 그리고 나를 우습게 보며 자신들이 나보다 우월하다고 생각한다. 카레보다 햄버거가 낫다는 것이다. 왜 남자답게 햄버거를 먹지 않느냐 나를 비난하고, 카레보다는 김치 냄새가 낫다고 단언한다. 하지만 미안한데 나는 햄버거가 싫다. 물론 샐러드가 더 싫다. 나는 위층의 여자들처럼 좆같은 샐러드를 먹지 않는다. 나는 카레를 먹을 뿐이다. 카레를 먹지 않는다면 설렁탕이나 냉면을 먹는다. 다시 말하지만 나는 햄버거도 싫고 좆같은 샐러드도 싫다. 이렇게 말하면 같은 층의 남자들은 나를 여자들에게 잘 보이려고 하는 더러운 기회주의자라며 비난한다. 하지만 다시 한번 미안하지만, 나는 여자에게 잘 보이고 싶은 마음이 없다(내가 게이라는 뜻이 아니다). 나는 여자가 싫다. 나는 여자가 싫은 것을 넘어서 혐오스럽다. 하지만 남자 또한 여자만큼 혐오스럽다. 인간의 본질적 혐오성에 비하면 그 인간의 성별은 부차적인 요소다. 이렇게 설명했더니 같은 층 남자들은 결국 너는 여자들에게 잘 보이고 싶은 것이다, 좆같은 수작 하지 말라고 했다. 병신 새끼들.

지난 주말 밤 샤워실에서 방으로 돌아오는 길 린치를 당했다. 그것은 다른 것이 아니고 남자들이 나의 얼굴에 미지근한 카레를 부은 다음에 마구 때린 것이다. 솔직히 너무 놀라서 맞고 있는 동안에는 아픈지조차 몰랐다. 한참을 그렇게 얻어맞다가 그들이 어딘가로 우르르 몰려간 뒤에 나는 웃고 말았는데 왜냐하면 그들이 향한 곳이 샤워실이었기 때문이다. 나에게 뿌린 카레가 그들의 몸에도 묻어버린 것이다. 샤워기 물소리 사이로 간간이 욕하는 소리가 들려왔다. 특히 한 사람을 비난하는 내용이었는데, 아마도 나에게 카레를 뿌릴 것을 제안한 사람 같았다. 샤워실에서 나온 그들은 나를 향해 샤워실 쓰면 죽여버릴 줄 알라고 외치고는 사라졌다. 그들이 사라지고 나서 한 방에서 기침 소리가 났다. 그러자 건너편 방에서도 기침 소리가 났고, 다른 방들에서도 몇 차례 기침소리가 났다. 그것이 나에 대한 동정의 표현인지, 신경쓰지 말자는 암묵적 신호인지, 나를 린치한 자들에 대한 비난인지, 아니면 잘 맞았다 시원하다, 좋은 구경 했다 고맙다, 같은 쿨한 반응인지 혹은 그 모두인지, 혹은 그저 그때 단순히 방안에 있는 사람들이 동시에 목이 가려워졌던 것인지 모르겠다. 나는 일어나 샤워실로 들어갔다. 아무도 나를 죽이러 오지 않았다.

아무도 나를 죽이러 오지 않았지만, 아무도 나와 가까이 지내려 하지 않았다. 하루 세 끼 카레만 먹는다며 나를 미친놈 취급하는 사람도 있었다. 하지만 그에 대해서라면 억울하다. 나는 하루 세 끼 카레를 먹지 않는다. 나도 카레를 먹기 싫을 때가 있으며 그럴 때는 근처의 칼국숫집에서 칼국수를 포장해다 먹거나 아니면 김치볶음밥을 해먹을 때도 있다. 편의점에서 도시락을 사다 먹을 때도 있다. 단지 카레를 먹을 때가 많을 뿐이다. 이상한 소문은 그뿐이 아니다. 어떤 날에는 화장실에서 마주친 청소 아주머니가 히쭉 웃으며, 총각 자네 페미니스트라며? 하고 물었다. 나는 너무 당황했다. 페미니스트가 뭐여, 여자를 몹시 좋아한다는 것인가? 나는 당황해서 아니라고, 나는 여자를 좋아하지 않는다고, 나는 여자를 극히 혐오한다고, 태어나서 단 한 번도 여자를 제대로 만나본 적이 없고 앞으로도 그럴 계획이 없다고 말했다. 그러자 아주머니의 표정이 아주 이상스럽게 되었다. 그뒤로 청소 아주머니와 나의 관계는 극히 어색해졌다. 우리는 멀리서 서로를 발견하기만 해도 소스라치며 피했다.

그러고 나서 퍼진 소문은 내가 변태라는 것이다. 그것은 위층에 퍼진 소문이었는데, 언제나 우리 층에다가 뻔뻔하게 자전거를 세워놓는 여자가 나에게 말해주었다. 그거 알아요? 우리 층에 변태라고 소문난 거? 나는 당황해서 여자를 쳐다보았다. 여자의 태도는 과연 뻔뻔했다. 여자가 웃으며 질문을 이어갔다. 아니야? 지하철에서 몰카 찍다가 걸렸다며? 나는 가만히 있었다. 정말 아니야? 엄격한 눈으로 나를 바라보는 여자가 마치 법관처럼 느껴졌다. 혹은 신. 아니 법관신이라든지. 여하간. 여자가 최종 판결문을 읊었다. 아닌가보네. 그리고 종종걸음으로 계단을 오르며 덧붙였다. 미안해요.

이 소문은 물론 나를 린치했던 그 무리가 낸 것이다. 하지만 그에 대해서 나는 별로 억울하지 않다. 궁금한 것은 오히려, 왜 나를 여성혐오자라거나 인간혐오자가 아니라 변태라고 소문을 낸 것인가? 내가 어떤 부분에 있어 변태라는 것인가? 나는 야동도 별로 보지 않는 편이고, 좋아했던 아이돌도 미스에이 데뷔 초의 수지 정도이다. 바로 그런 점이 변태 같은가? 그렇게 생각하는 그들이 더 변태 같다.

혹시 내가 아무런 인간관계를 맺지 않는 것처럼 보여서인가? 그것은 앞에서 말했다시피 내가 인간을 혐오하기 때문이다. 나는 내 인간혐오 사상을 현실에서 실천하고 있다. 나는 행동가다. (=실천가) 진정한 실천가로 사는 건 꽤 괴로운 일이다. 가령 어떤 사람이 아무리 내 앞에서 선한 모습을 보여도 따뜻한 마음이 들려는 의식을 차단하고 그자를 변함없이 다른 자들과 평등하게 혐오해야 하기 때문이다. 예를 들어서 나는 작년에, 학교 앞에 새로 생긴 버블티 가게 알바 여성에게 강한 호감을 느낀 적이 있다. 보통 그렇게 번쩍번쩍한 새로 생긴 가게에는 예쁜 여종업원이 있고 그 예쁜 여종업원은 나처럼 잘생기지도 않았으며 후줄근해 보이는 남성에게 친절하지 않기 때문이다. 반대로 마치 악감정이라도 있다는 듯 불친절하다. 내가 자신에게 뭐라도 할지 모른다는 듯이. 뭘? 강간? 내가 널 강간해서 얻을 수 있는 게 뭔가?

아무튼 그 귀여운 여종업원은 나에게 친절했다. 아무 이유도 없이, 오후의 햇살처럼 따스한 미소와 함께 맛있는 버블티를 만들어주었다. 그래서 나는 그녀에게 강한 호감을 갖게 되었고, 그날 저녁 딸을 치다가 그녀의 얼굴을 떠올렸다. 그러니까 이런 게 싫다? 나같이 엮이고 싶지 않게 생긴 look의 인간의 딸감으로 등장한다는 사실에 치가 떨린다? 내가 자신에게 아무런 짓도 저지르지 않았음에도 불구하고? 물론 저질렀다 쳐도 차이는 미세하다.

그녀를 만난 다음날 나는 또 그 버블티 가게에 가고 싶은 충동을 참기가 힘들었다. 하지만 금전적으로 몹시 쪼들리고 있었으므로, 당장 나의 한 끼 밥값을 초과하는(거의 두 끼 밥값에 가까운) 버블티를 또 사먹는다는 것이 용납되지 않았다. 그녀를 보고 싶은데, 그녀를 보려면 삼천팔백원이 필요하다. 삼천팔백원이면 거기다 칠백원만 보태면 근처 분식집에서 (부실한 유부초밥이 포함된) 돈가스 set를 사먹을 수가 있는데. 난 갑자기 그녀가 미워졌다. 그런데 다음 순간 내가 인간혐오자라는 사실을 깨달았다. 인간혐오자인 내가 어떻게 인간인 그녀에게 좋은 감정을 가질 수 있는가? 그녀가 나에게 친절하든 뭐든 귀엽든 나발이든 그녀는 인간이다. 그렇게 생각하자 마음이 편해졌다. 나는 당당하게 방으로 돌아와 카레를 먹었다.

그 버블티 여자 사건은 큰 교훈이 되었다. 그뒤로 나는 어지간한 상황에서 마음이 풀어지려는 순간을 곧바로 혐오 기제를 이용하여 효과적으로 통제할 수 있게 되었다. 좀더 성숙한 것이다. 누군가가 아주 역겨울 때도, 누군가가 지나치게 따뜻할 때도 효과가 있었다. 거참 자랑스럽다. 하지만 다시 한번 강조하는데, 나는 단지 내 마음이 편하자고 인간을 혐오하는 것이 아니다. 나는 인간이 혐오할 만하다고 생각한다. 다시 말해 혐오할 가치가 있다.

양을 혐오할 가치가 있는가? 사자는? 아니, 그들은 그냥 그런 존재들이다. 사람을 물어 죽이든, 하루종일 풀이나 뜯어먹으며 빈둥거리든 말이다. 그들에 대해서 나는 아무 기대도 하지 않는다. 하지만 인간에 대해서는 다르다. 굉장히 많은 것을 기대한다. 그 굉장히 많은 것은 사실 인간으로서는 달성이 불가능한 것들일지 모른다. 지성, 지혜, 담대함, 용기, 사려 깊음, 우아함, 매너…… 인간들은 저 이상적인 가치들을 만들어냈지만 단 하나도 제대로 실천한 것이 없다. 완벽한 인간은 존재한 적이 없다. 그러므로 나는 인간을 혐오한다. 어떠냐, 나의 이 위대한 논리가?

이렇게 자신만의 독창적인 혐오 이론을 완성함으로써 나는 정말 편해졌다. 누군가에게 잘 보이려는 노력도, 어떻게든 잘 살아가보려는 노력도 그만둘 수 있었다. 나는 그저 하루를 보낸다. 빚도 약간 있지만(좆같은 학자금 대출) 어떻게든 되겠지. 돈이 정말 급해지면 노가다라도 뛰면 되지. 무엇보다 나는 지금의 내 생활에 불만이 없는데, 지금 내 생활에는 돈이 별로 들지가 않기 때문이다. 카레 린치 따위야. 어차피 그 무리는 누굴 진짜로 다치게 할 수도 없다. 진짜로 누군가를 다치게 할 수 있는 인간은 그렇게 무리로 몰려다니지 않는다. 연쇄살인범들은 대체로 혼자서 활동했다. 혼자서도 충분히 모든 것을 감당할 수 있는 것이다. 나 또한 철저히 혼자이므로 그런 위험한 존재가 될 수 있는가? 생각해봤는데 그렇지는 않다. 나는 인간들이 싫은 것뿐이지, 혼자서 모든 것을 감당하고 싶지는 않다. 그러기에 나는 지나치게 게으르고 나약하다. 그것은 물론 전적으로 나를 이딴 식으로 키워놓은 이 세상 탓이다.

*

낮에 동네 산책을 하다가 작년의 그 버블티 여자를 보았다. 여자는 눈에 띄게 성숙해 있었다. 좋게 말하면 야해졌고, 나쁘게 말하면 좀 닳아 보였다. 그녀는 남자친구와 함께였는데, 슈퍼마켓에서 사이좋게 아이스크림을 고르고 있었다. 씨발년. 그녀가 나를 알아볼 가능성은 제로에 수렴했지만, 나는 얼른 옆 골목으로 도망쳤다. 여자의 얼굴은 행복해 보였고, 남자는 착해 보이는 인상이었다. 하지만 알고 보면 전과자일지도 모른다. 나는 실망했는가? 전-혀. 무엇보다 나는 그 여자에 대해서 아는 게 없다. 여자 또한 알고 보면 알코올중독 사이코일지도 모른다. 그런데 왜 나는 저 여자에게 집착하는가? 그야 물론 내 눈에 띄었기 때문이지. 그런데 그것은 그녀가 내 눈에 띄기를 간절히 바라왔기 때문이 아닐까? 모르겠다. 확실한 것은 나는 그녀를 마음 깊이 혐오하고 있다는 것이다. 그녀의 인생에 후회와 절망이 가득하기를. 그녀는 확실히 그럴 가치가 있는 인간이다.

방으로 돌아왔을 때, 옆방에서 흐느끼는 소리가 들려왔다. 그 방에는 조선족 학생이 사는데, 열심히 공부하여 장학금을 받는 한편 틈틈이 편의점에서 알바를 하며 생활비를 버는 훌륭한 인간이다. 나는 그가 왜 우는지 안다. 나를 린치한 무리가 타깃을 그로 바꾸었기 때문이다. 타깃을 그로 바꾸고 무리는 더 활기차졌다. 짐작건대 그가 더 재미있는 먹잇감이기 때문이다. 인종차별적 쾌감이 그들을 더 몰아붙였을 것이다. 그가 비명을 잘 지르고 툭하면 큰 소리로 엉엉 우는 것 또한 큰 희열을 주었을 것이다. 애써 대항하려 하거나, 지나치게 피해 다니는 식의 어설픈 대처도 그 무리를 흥분시켰다. 그의 연변 사투리 또한 중요한 요소였다. 서울 말씨를 따라 해보지만 번번이 망한다는 점이 특히 그랬다. 한마디로 그는 이상적인 먹잇감이었다. 어떨 때는 다른 모든 상념을 잊고 그가 린치를 당하는 소리에 귀를 기울이고 있는 나를 발견하기도 한다. 그럴 때면 다른 방의 사람들도 같은 짓을 하고 있다는 것을 알 수 있다. 다음은 내 차례일지도 모르지만, 당장 나의 권태를 해소시켜주니 고마운 것이다.

흐느낌 소리가 서서히 잦아들고 있었으므로 나는 컴퓨터 모니터로 시선을 돌렸다. 화면에 죽 늘어선 선정적인 제목에 잠시 모든 것을 잊고 몰입하지만 한 십 분? 아니 십 초나 되는지. 곧 쓸쓸함에 코끝까지 파묻힌다. 그렇다. 가끔은 정신이 나가도록 외롭다. 그럴 때는 며칠씩 방에서 안 나간다. 그러다 겨우 밖에 나와, 햇살을 쪼이고, 다른 인간들을 보고 나면, 아, 내가 제정신이 아니었군, 깨닫는다. 그러면 안도가 되기도 하고, 나 자신이 염려가 되기도 한다. 하지만 전체적으로 괜찮다. 왜냐하면 공동생활을 하고 있기 때문이다. 자취를 한다면 더 심각해졌을지도 모른다. 치킨집 배달부를 살해하기에 이르렀을 수도 있다. 하지만 여기서는 그럴 수 없다. 벽 너머 사람들이 있다. 그들은 한낮의 귀신들처럼 숨죽이고 있지만, 아무튼 거기 있다. 물론 방안에서 그들도 나처럼 미쳐가고 있을지도 모른다. 이따금 한밤중 위층 아래층 옆방 너 나 할 것 없이 이상한 괴성 같은 게 들려올 때도 있다. 그럴 때 사람들은 긴장한다. 긴장한 채로 기다린다. 뭔가 벌어지기를. 그런 순간은 확실히 달콤하다. 하지만 곧 아무 일도 없다는 것이 밝혀지고, 누군가 안도의 기침을 한다. 그러면 그것에 답하듯 또다른 누군가가 기침을 한다. 몇 번의 기침 끝에 마침내, 누군가 문을 열고, 주방의 불이 켜지고, 멀리서 돌아가던 세탁기의 소리가 멈추고, 남은 것은 벽 너머로부터 밀려드는 자동차 소리, 취객의 고성방가, 도시의 소리……

*

버블티 여자를 다시 본 뒤로, 솔직히 그 여자 생각밖에 안 했다. 뭔가 낌새를 챘는지 위층의 여자들은 그 어느 때보다 큰 소리를 낸다. 그것이 웃음소리인지 울음소리인지 설명할 길이 없다. 아무튼 끔찍한 소리다. 내가 그래서 여자들이 싫다. 그들은 눈치가 빠르다. 그리고 눈치를 챈 티를 낸다. 온몸으로, 마치 피를 질질 흘리고 다니는 것처럼. 버블티 여자도 집에 돌아가면 저런 소리를 낼까? 분명히 그럴 것이다. 하지만 아직 어리므로, 기회는 있다. 기회가 생긴다면 내가 적극적으로 고쳐줄 의사가 있다. 확실히 그녀는 망가져버렸다. 외모가 망가졌다는 게 아니라, 정신적으로. 그리고 그 정신적인 타락이 외면에 배어나 있었다. 그의 남자친구는 그것에 대해서 분명히 눈치를 챘을 텐데 대체 무슨 생각인 걸까? 알면서도 외면하는 것일까? 그 타락을 음미하는 것일까? 나는 그와 그 문제에 대해 이야기를 나누고 싶다. 그런 다음에 벽돌로 대가리를 찍어버리면 완벽할 것이다. 사실상, 그 남자도 여자만큼이나 더러워 보였다. 아닌가? 아니라면 왜 자꾸만 그런 생각이 드는가? 혼란스럽다.

솔직히 말해서 나는 여자들을 미워하고 싶지 않다. 상황이 이상적이었다면, 나는 여자들에게 최상의 것을 주었으리라. 최상의 것이란 무엇인가? 그것은 물론 내 좆이다. 나는 내 좆을 여자들에게 바치고 싶다. 나는 나의 가장 훌륭한 부분을 여자들에게 이양코자 한다. 고자가 되겠다는 것이 아니다. 그것은 대관식(coronation)에 가깝다. 짐은 그대에게 내 왕국을 이양하노라.

짐은, 오늘부로 나의 (좆망한) 왕국을 그대에게 이양하노라.
법적으로, 그리고 심정적으로,
그대는 나의 뜨거운 좆을 받으라.
법적으로, 그리고 심정적으로.

물론 나는 다 줘버리고 망할 생각은 없다. 하지만 아무튼 주기는 줄 거다. 여자들에게. 나의 가장 중요한 것을 말이다. 나의 왕국은 온전히 여자들의 것이다. 아마도. 나는 나의 이 위대한 망상의 치명적인 모순들에 대해,

설명하기 귀찮다.

*

그렇게 나는 칩거의 주말을 보냈다. 온종일 버블티 여자를 생각하며…… 심지어 꿈도 꿨다. 그녀는 꿈에서도 버블티를 팔고 있었다. 물론 현실에서는 아주 옛날에 그 일을 그만두었지만. 지금은 커피를 팔고 있을지도 모르겠다. 혹은 웃음을 판다거나…… 꿈에서도 나는 그녀에게 접근하지 못하고 훔쳐보기만 했다. 그러다가 갑자기 그녀가 나를 껴안았는데, 그러자 내가 있는 곳은 수영장으로 변했다. 여자는 사라져 있었다. 나는 조금 수영하다가 깼다. 별로 중요한 것은 없는 개꿈이었다. 중요한 것은 꿈에서도 꿈 밖에서도 나는 버블티 여자를 생각한다는 것이었다.

꿈에서 깨어나 결심했다. 버블티 여자를 만나러 가기로. 샤워를 하고 새 옷으로 갈아입은 다음 밖으로 나왔다. 그리고 동네를 배회하면서 그녀가 나타나기를 기다렸다. 부질없는 짓 같지만 아니었다. 다섯 시간쯤 배회한 끝에 정말로 그녀와 마주쳤다. 지난번처럼 남자친구와 함께였다. 그때처럼 둘은 슈퍼마켓에 들러서 아이스크림을 사가지고 근처의 공원으로 향했다. 나는 들키지 않도록 조심스럽게 그들을 뒤쫓았다. 그들은 아이스크림을 다 먹고 나서 공원을 빠져나와 미로처럼 복잡한 지하철역 뒷골목으로 향했다. 골목의 막다른 곳에는 모텔이 있었다. 그들은 그곳에 들어가서 몇 시간 동안 나오지 않았다. 나는 계속 기다렸다. 어쩔 수 없게도 야한 상상을 했다. 둘이 다시 나왔을 때는 깜깜한 밤이었다. 나는 그들을 기다리는 동안 했던 몇 가지 야한 상상들을 그들의 몸에 집어넣어보았다. 그리고 뺐다. 넣었다가, 뺐다가, 다시 넣었다가…… 하며 뒤쫓는 동안 그들은 헤어졌다. 운이 좋은지, 남자가 가고, 여자가 남았다. 혼자 남겨진 여자는 약간 쓸쓸해 보였다. 혼이 빠져나간 것 같기도 했다. 하지만 곧 정신을 차리고 어딘가로 향했다. 나는 좀더 가까이에서 그녀를 뒤쫓기 시작했다. 얼마 뒤 그녀에게 전화가 걸려왔다. 통화를 하는 그녀의 걸음이 조금 느려졌다. 한참을 조잘거리며 흐느적흐느적 걷던 그녀는 전화를 끊고는 다시 똑바로 걷기 시작했다. 그런데 얼마쯤 지나 그녀가 멈칫하는 게 느껴졌다. 걸음이 살짝 느려졌다가, 잠깐 그렇게 되었다가, 다시 원래의 속도로 돌아왔다. 나는 그녀가 내가 따라가는 것을 눈치챘다는 것을 눈치챘다. 어떤 표시를 했기 때문이 아니라, 그냥 분위기로 느낄 수 있었다. 그녀는 겁을 집어먹었다. 그녀의 뒷모습이 외치고 있었다. "나를 내버려두세요!" 황당했다. 나는 아무것도 안 했다. 그저 쫓아가고 있었을 뿐이다. 사실 왜 쫓아가는지도 몰랐다. 그녀가 사실은 아주 별 볼 일 없다는 걸 확인하려고? 아니 아니, 대관식 때문이다. 그렇다. 나는 그녀에게 중요한 용무가 있었다. 하지만 그녀는 두려워하고 있었다. 왜? 진짜 나는 아무……까지 생각했을 때 그녀가 냅다 뛰기 시작했다.

와, 난 그렇게 빨리 뛰는 여자는 처음 봤다. 학창 시절 달리기 좀 했을 듯…… 내가 감탄하는 사이 여자가 순식간에 멀어졌다. 그녀가 역 바로 앞 횡단보도에 닿았을 때에야 나 또한 정신을 차리고 달리기 시작했다. 그녀를 향해서! 그런데 별안간 그녀가 멈춰 서더니 손을 높이 들었다. 마치 항복을 알리는 듯 말이다. 나는 자극을 받아 스퍼트를 냈고, 그녀를 완전히 따라잡은 순간, 그녀의 앞에 택시가 섰다. 그녀가 양손으로 차문을 잡아뽑듯 열더니 안으로 몸을 던졌다. 문이 닫히는 찰나 그녀와 눈이 마주쳤다. 두려움으로 가득찬 그녀의 눈빛이 너무나도 추해서 나는 놀랐다. 이어 억울한 마음이 차올랐다. 왜 저렇게 나를 무서워하는 거지? 하지만 뭘 어떻게 할 새도 없이 택시가 출발했다. 약간의 시간이 흐른 뒤 나는 슬며시 주위를 둘러보았다. 다행히 아무도 이쪽을 주목하고 있지 않았다. 하긴, 아무 일도 벌어지지 않았다. 단지 저 여자가 엄청나게 놀란 것이다. 아무 이유 없이 말이다. 하지만 내심 나는 사람들의 무관심에 놀랐다. 아무도 아무에게 관심이 없다. 그것은 큰 깨달음이었다. 이곳에서 사람들은 서로가 서로에게 아무 관심이 없다.

그렇게 허무하게 여자를 놓치고 나서 새벽까지 배회했던 것 같다. 날이 밝아오고 있었지만 사람들은 계속해서 나에게 아무 관심이 없었다. 혼란스러웠다. 피곤했고, 배가 고팠다. 오랜만에 카레가 먹기 싫었다. 고민 끝에 빅맥을 먹기로 했다. 텅 빈 맥도날드에 앉아 빅맥을 먹는데 정말이지 외로웠다. 사람들이 이렇게나 많은데, 거리에, 내 옆에, 벽 안에, 벽 너머에…… 아무도 만나지 않는다. 누구도 아무도 쳐다보지 않는다.

방으로 돌아와 침대에 누웠는데, 밖에서 뭔가 굴러떨어지는 소리가 났다. 부러지는, 혹은 찢기는 소리 같기도 했다. 분명 조선족 학생이다. 벽 너머 사람들이 기침 소리를 냈다. 난 아무 소리도 안 냈다. 곧 잠이 올 것이다. 깨지 않고 오래 잠들기를 바란다. 아까 잠깐 외롭다는 생각을 했던 스스로가 저열하게 느껴진다. 어차피 잠이 들면 다 잊혀질 텐데. 밖의 사람이 죽도록 얻어맞고 있어도, 안의 사람들은 잠드는 것을 멈출 수 없다. 개라면 불안함에 긴 신음 소리라도 내어볼 텐데, 나에겐 아무래도 그럴 용기가 부족하다.

*

꿈에서 나는 나무로 커다란 도끼를 베었다. 쪼개진 도끼를 강에 버렸다. 강은 아주 검고 차가웠다. 나는 떨며 잠에서 깨어났다. 에어컨이 쌩쌩 돌아가고 있었다. 깜깜한 방, 창이 없어서 낮인지 밤인지 짐작하기 어렵다. 아마도 낮일 것이다. 불을 켜고, 아무 일 없었다는 듯 멀끔한 천장을 쳐다보고 있자니, 어린 시절 엄마 아빠가 크게 싸운 다음날의 아침이 생각난다. 주위가 고요하고, 차가우면서도 미묘한 공기 속, 나 자신이 완전히 썩어버린 것 같은 느낌으로 아파트에서 나오면, 한낮의 멀끔한 거리, 햇살 속 사람들, 아무 비밀도 없어 보이는, 아무 사심도 없어 보이는 사람들의 무표정한 눈길. 무엇보다 신기한 것은 사람들이 나를 썩은 고기나 되듯 피하지 않았다는 것이다.

나는 생각했다. 여기는 아주 이상한 곳이다. 아주 이상한 곳에 내가 있다. 어떻게 여기에 도착하게 되었는지 모르겠다. 문득 어제의 버블티 여자가 생각났다. 그런데 그 일이 어제였나? 꿈을 꾼 건 아닌가? 기억에만 남아 증명할 방법조차 없는 그것을 어떻게 믿나? 어제의 사건과, 내일의 기대가, 그리고 오늘의 나까지도 아주 희미하다. 우스울 지경으로. 여기는 정말로 이상한 곳이다. 아주 많은데도 아주 적다. 가득한데 아무도 없다. 벽 너머에서 사람들이 기침하고, 웃고, 그리고 카레 냄새가…… 아니 카레 냄새는 더이상 없다. 나도 이제 햄버거를 먹을 것이다. 하루에 세 번, 기도를 하듯 파먹을 것이다. 그리고 버블티 여자를 잊을 것이다. 아니, 이미 잊혀졌다. 앞으로 나는 아무도 혐오하지 않을 것이다. 아무도 미워하지 않을 것이다. 누구를 미워하는 대신, 싫어하는 대신 차라리 사람들 틈에 끼어서 마구 때릴 것이다. 그리고……

아아, 생각도 더이상은 지겹다. 나는 이불에서 손을 꺼내 책상

위의 핸드폰을 집었다. 그리고 자주 가는 게시판 앱에 접속했다. 첫 페이지에 어떤 기사가 올라와 있었는데 댓글이 많이 달려 있었다. 클릭해보니 간밤에 서울의 한 고시원에서 조선족 학생이 맞아 죽었다는 내용이었다. 그것은 어젯밤 여기에서 벌어졌을 법한 일과 몹시 닮았다. 그 일이 정말 일어난 걸까? 그런데 왜 이렇게 조용한가? 왜 아무도 나를 깨우지 않았는가? 왜 모두가 나를 흐릿한 꿈속에 가두어두는가?

*

여기는 정말로 이상한 곳이다. 아무것도 분명치가 않다. 모든 것이 멍멍한 세탁기 소음과 함께, 그 속으로 뭉개지고 으깨어져 형체 없이 사라져버린다. 나는 점점 더 두려워서, 이 축축한 이불 속에서 나갈 수가 없다. 적어도 이 안에 있으면 안전하니까. 이불 속에서는 아무 일도 벌어지지 않으니까. 확실히 지금 나는 아주 편안한 상태다. 에어컨 바람이 시원하고, 이불 속이 기분좋게 축축하고, 이 삭막한 형광등 빛이 정겹다. 벽 바깥의 소음, 오래된 먼지 부스러기들처럼 얌전히 바스러지는 그 소리들이 오래된 친구처럼 느껴진다. 나는 영원히 이렇게 있을 수 있는 기적이 일어났으면 하고 기도했다. 그리고 다시 잠 속으로, 무언가의 커다란 입속으로, 그것의 따뜻한 혀 위에 납작 엎드렸다. 나는 부드럽게 으깨어질 것이다. 소화될 것이다. 흡수될 것이다. 그렇게 생각하자 더이상 두렵지가 않았다. 나는 안전하다. 나는 외롭지 않다. 나는 기분이 좋다. 나는……

이천칠십×년 부르주아 6대

INTRO

전문가 한국의 산업구조에 있어 재벌의 출현은 필연적이었습니다. (자막: 본 전문가는 산업경제연구소 소장을 역임했으며 『이스라엘 키부츠 공유경제의 기적』과 『북한의 커피산업』을 집필했다. 현재 카네기연구소에 방문학자로 있다.) 재벌이란 뭘까요? 재벌이 우리에게 주는 가르침은요? 그것은 공자의 가르침과 일치합니다. 재벌은 가부장제 가족 3대 단위의 클러스터 파워의 효율성을 집약시킨 구조라고 할 수 있습니다. (침묵) 한마디로 3대가 넘어가면 좆 된다는 얘기죠……

이천칠십X년 부르주아 6대
207X 6TH GENERATION BOURGEOIS

(이어서) 전문가 제가 발견한 것은 3×3×3의 법칙입니다. 만약 하나의 3대에서 다른 하나의 3대로 넘어가는 데 성공한다면 아무튼 그 3대 동안은 문제가 발생하지 않는다는 것이죠. 그런데 지금 우리가, 6대에 왔지 않습니까? 재벌 6대, 부자 6대, 졸부 6대······ 면 더이상 졸부가 아니죠······ 6ème Génération Bourgeois······ 이제 그들은 또다른 3대 세상을 열기 위한 무자비한 전쟁에 돌입할 것입니다.

*

207×년 3월 22일 새벽 다섯시 사십오분 중구 장충동 S1-1022 도로에서 갈색 암말의 사체가 발견된다. 말의 앞가슴에는 식칼이 꽂혀 있고, 다량의 피가 웅덩이를 이루고 있다. 사인은 과다 출혈로 추정된다.

〔사진〕

서울시 중부경찰서 소속 민검시관이 장충동 S1 -1022 도로에서 발견된 말 사체의 사진을 instagram하고 있다.

같은 시간 서울시 F구 윤씨 일가의 집—

엘리자베스 수지 윤(Elizabeth SuZi Yun, 이하 엘리 윤)은 가야금 명인 6대손 최가희의 가야금산조를 들으며 16세기 민속회화집을 보고 있다. 몸종으로부터 전해받은 서찰을 펼쳐본 뒤 그녀의 표정이 급격히 어두워진다.

다시 장충동 S1 -1022 도로—

인스타그램을 끝낸 민검시관이 주의깊게 말의 사체를 살펴보고 있다. 손목에 찬 전화기가 울린다. 이 년 차 인턴 검시관 유군으로부터 메시지가 와 있다. 메시지의 내용을 확인한 민검시관의 눈이 번뜩인다.

같은 날 오후 열두시 사십오분, 엘리 윤의 방 입구에 도착한 민검시관의 뺨은 긴장으로 살짝 달아올라 있다. 방의 입구에 드리워진 문발은 일본 나라 현에서 공수한 최고급 대나무로 만든 것으로 달콤한 메이플 향이 난다. 평소 달콤한 것에 집착하는 민검시관은 저항하지 못하고 문발에 코를 박는다. 엘리 윤의 몸종이 민검시관의 경솔한 행동에 얼굴을 찌푸린다. 사악한 그녀는 그가 좀더 망가지도록 내버려둔다. 마침내 민씨가 혀로 문발을 핥으려는 찰나 그녀는 작게 헛기침하여 자신의 존재를 알린다. 민검시관이 놀라 뒷걸음질친다. 몸종이 엄숙한 표정으로 들고 있던 리모컨을 누르자 대나무 문발이 소리없이 삼분의 이가량 올라간다. 민검시관이 방안으로 들어서려 하자 몸종이 민검시관을 막아선다.

민검시관 (눈빛으로) 뭔가요?
몸종 (강렬한 눈빛으로) 꿇어.

민검시관이 애매하게 꿇어앉는다. 주위가 조용하다. 민검시관이 슬며시 고개를 들자 방안 깊숙한 곳에 엘리 윤이 앉아 있다. 견(絹)으로 된 진줏빛 가림막 너머 엘리 윤의 모습이 흐릿하게 눈에 들어온다. 그녀는 옥빛 실내용 한복을 차려입고 있다. 가림막에 가려져 표정은 짐작하기 힘들지만 다갈색의 길고 풍성한 머리카락이 어깨 위로 넓게 펼쳐져 있는 것을, 그녀의 당당하고 꼿꼿한 자태를 한눈에 알아볼 수 있다.

엘리 윤 이런 누추한 곳까지 걸음을 하시게 된 연유가 무엇인지요……

민검시관이 횡설수설 설명을 늘어놓는다. 엘리 윤은 답이 없다.
대신 앞에 놓인 마호가니 탁자의 서랍에서 백지를 한 장 꺼내 붓으
로 뭔가를 깨알같이 적는다. 적은 내용을 간단히 확인한 그녀는 종
이를 둘둘 말아 몸종에게 건넨다. 몸종이 민검시관에게 종이를 전
달한다. 민검시관이 받아든 종이를 펴려고 하자 몸종이 막아선다.

엘리 윤 천천히 하시지요.

대나무 문발이 내려간다.
몸종이 민검시관을 노려본다.
민검시관이 쫓겨나듯 윤씨의 집을 떠난다.

*

같은 시간, 서울시 F구와 G구의 경계에 있는 조 말론 정원
(Le Jardin de Jo Malone)에서는 엘리 윤의 아버지 조너선 민철
윤(Jonathan Mincheol Yun, 이하 조 윤)과 헨리에타 미아 정
(Henrietta Mia Jeong, 이하 정여사)의 홀로그램 만남이 진행중
에 있다(주: 207×년에는 고품질의 인간 홀로그램 기계가 상용화

되어 소수의 인간들에 한해 공간적 자유를 누리게 되었다). 밝은 분홍색 한복 두루마기를 멋지게 차려입은 조 윤은 물방울무늬 말 (주: 2030년대 유전자조작을 통해서 탄생함. 수명이 팔십 년에 달하고 기차보다 빠르게 달림. 각설탕을 싫어한다) 위에 앉아 있다. 한편 쿠바에서 휴가를 즐기고 있는 정여사의 홀로그램은 화려한 꽃무늬 원피스에 커다란 챙의 검정색 구찌 밀짚모자 차림이다.

둘은 마주보며 웃는다.
불륜을 하는 것인지 주식 조작을 하는 것인지 짐작하기 어렵다.
우드 세이지 앤드 시 솔트(Wood Sage & Sea Salt) 향 바람이 불어온다.
둘은 지그시 눈을 감은 채 뇌내 도파민 분비량이 폭발적으로 늘어나는 것을 느낀다.

그러나 짧았던 평온은 금세 깨어진다. 멀리서 이상한 멜로디와 함께 소용돌이 먼지가 불어오기 시작한 것이다. 먼지바람과 함께 열다섯에서 스무 명가량의 여인들이 다가오고 있는 것이 보였다. 그들은 모두가 이세이 미야케(Issey Miyake)의 플리츠 플리즈(Pleats Please) 스커트를 입고 손잡이에 트윌리 스카프를 감은 에르메스 가방을 들고 있었다. 이들이 바로 조 말론 정원의 이세이 미야케 여인들이다.

2020년대 초 인류 역사에 있어 획기적인 변화가 일어났다. 육 개월에 걸친 복잡한 주사요법을 통하여 변치 않는 젊음과 수명 연장의 꿈 두 가지를 동시에 이룰 수 있게 된 것이다. 주사요법이 완료되는 시점부터 죽음까지 노화는 정지되며 수명은 백삼십오 세까지 연장된다. 부작용에 대한 의견이 분분했던 개발 초기에 가장 과감했던 것이 바로 이들, 한국의 부르주아 3세대 이세이 미야케 여인들이었다. 그녀들은 20년대 이후 늙지 않았으며, 정신 적 성장 역시 멈추었다. 그들은 자신들의 젊은 시절의 모든 것을 간직한 채 오늘에 이르렀다. 그들의 자식 세대가 일으킨 부르주 아 4대 혁명은 모든 것을 바꾸어놓았지만 이 대책 없는 어머니들 만은 어찌하지 못했다. 그들은 여전히 일반인들과 마찬가지로 평 상복을 입고, 표준어를 사용한다. 홀로그램의 사용을 거부하며, 인터넷에 모습을 드러내며, 스스로 자동차를 운전하여 다닌다. 그들은 자손들이 변화시킨 세계를 증오하며, 죽을 때까지 몰려다 닐 예정이다.

멀리서 시할머니와 그녀의 친구들이 다가오는 것에 놀란 정 여사가 홀로그램 변환기의 스위치를 껐다. 경쾌한 삼성 로고음 과 함께 정여사가 사라졌다. 조 윤은 홀로 먼지가 소용돌이치는 조 말론 정원에 남았다. 여인들이 가까워지며 배경음악도 굉음

과도 같이 커졌다. 라나 델 레이(Lana Del Rey)의 〈Young and Beautiful〉이었다. 어느새 정원의 향기는 라임 바질 앤드 만다린(Lime Basil & Mandarin)으로 바뀌어 있었다. 조 윤은 힘차게 말을 채찍질했다. 말이 히히힝 하고 달음박질쳤다. 달리는 말 위에서 거칠게 흔들리며 조 윤은 생각했다. '정말이지 진절머리가 난다. 정여사든 할머니든 왜 여자들은 항상 조 말론 정원에서 만나려고 하는 걸까? 빌어먹을 혁명! 아버지가 일으킨 혁명은 이렇게 preposterous한 풍습을 만들고 말았다. 빌어먹을 정원! 태어난 지 오십 일째 날부터 어머니의 유모차에 태워진 채 매일같이 와야 했던 빌어먹을 정원! 빌어먹을 혁명-정원!

*

203×년, 부르주아 4대 자손들이 막 성인이 되었을 때 한국에서는 기이한 혁명이 일어났다. 그것은 한국 양대 라이벌 재벌의 후손이었던, 정여사의 아버지 맬컴 진수 정(Malcolm Jinsoo Jeong, 이하 맬컴 정)과 조 윤의 아버지 데이비드 진수 윤(David Jinsoo Yun, 이하 데이비드 윤)의 다르지만 같은 독특한 행보에 의해서 가능했다. 어머니들 간의 경쟁적 친분, 혹은 친분적 경쟁으로 인해 둘은 같은 해 같은 달, 같은 이름으로 태어나 실제로 형제처럼 지냈다. 그들은 어려서부터 활력 과잉의 어머니를 증오했으며, 상

대적으로 무기력한 아버지에 절망했다. 두 어머니는 베이비 샤워 때 약속한 대로 아이들을 영국의 유서 깊은 사립학교에 진학시켰다. 그곳에서 두 아이는 깊은 우정을 쌓았다. 시간이 날 때마다 기숙사 건물 뒤의 울창한 너도밤나무숲에서 가족, 국가, 자본주의, 종교, 사랑 등의 주제를 가지고 심도 있는 토론을 벌였다. 그간 쌓인 가문의 부로 무엇을 할 것인가? 좀더 고상한 삶을 창출할 필요가 있다. 그에 관해 둘은 의견이 일치했다. 하지만 세부사항에서 둘은 대립했다. 맬컴 정은 유학생활에 잘 적응하여 점점 더 현지화되어갔고 반대로 데이비드 윤은 부적응하여 일종의 국수주의자가 된 것이다. 결국 맬컴 정은 옥스퍼드에 진학했고, 데이비드 윤은 미국의 하버드에 갔다. 옥스퍼드에서 맬컴 정은 일본의 귀족 자제들과 교류하며 자신만의 독특한 귀족주의, 댄디즘을 확립하였다. 한편 데이비드 윤은 하버드에서 ethnic studies와 실용주의 철학을 공부했고, 유교에 큰 관심을 쏟으며 21세기 신아시아주의에 대한 열망을 키워갔다. 대학 졸업 무렵 둘이 서울의 S호텔 로비에서 조우했을 때 그들은 완전히 다른 사람이 되어 있었다. 대화는 전혀 통하지 않았고, 그들은 서로를 증오했다. 그 증오를 바탕으로 둘은 급속히 성장했다.

긴 유학생활을 마치고 한국으로 돌아온 맬컴 정은 어머니의 반대를 완전히 무시한 채 19세기 빅토리아시대 영국의 복식과 생활양식을 가정에 도입했다. 그는 거추장스러운 빅토리아시대의 신사 복장을 고수하는 한편, 김치와 자동차를 거부한 채, 최고급 홍차를 마시고 말을 타고 다니기 시작했다. 비슷한 시기 귀국한 데이비드 윤은 조선 후기의 생활양식을 선택했다. 그는 도포를 입고 갓을 쓰고 다녔다. 집을 전통한옥 양식으로 보수하는 한편, 막 결혼한 아내에게 유교적 삶의 태도를 강요했다. 앙숙이 되어버린 그와 맬컴 정은 하지만 신기하게도 비슷한 길을 걸어가고 있었다. 둘 다 현대를 거부하고, 말을 타고 다니며, 어머니들을 절망에 빠뜨렸다. 아버지들은 무기력하게 방관했다. 두 진수의 어머니들은 매일 밤 남산 근처의 소나무숲에서 만나 서로의 목덜미에 코를 박은 채 눈물과 한탄을 주고받았다. 하지만 두 진수가 일으킨 변화의 방향은 시대의 흐름과 정확히 맞아떨어졌다. 부르주아 4대 동료들의 반응은 폭발적이었다. 모두가 두 진수의 흐름에 경쟁하듯 가담했다. 물론 영국과 조선 가운데 한쪽을 선택해야 했지만 근본적으로 다를 것은 없었고, 그래서 그 과정은 가벼운 패싸움에 가까웠다. 마침내 한국의 모든 부르주아 가문이 이 흐름에 동참했을 때, 양측은 서울시에 막대한 로비를 벌여 말 전용 도로를 건설하기 시작했다. 서울 시내의 유명 산과 티룸(tea room), 스시집과 고급호텔 사이를 잇는 이 말 전용 도로들은 울창한 나무와 철망에 둘러싸여 있어 일반인들의 접근이 어려웠다(이들 가운데 가장 먼저 생겨난 것이 장충동 S1-1022 도로다). 비슷한 시기, 그에 대항하듯 원한에 사무친 부르주아 3대 여인들이 남산 근처의 숲을 조말론 정원으로 재개발했다.

두 진수에 의해 시작된 기이한 풍습은 놀랍도록 빠르게 한국 부르주아의 전통으로 뿌리내렸다. 얼마 지나지 않아 그것은 혁명이란 이름으로 울려퍼지기 시작했다. 그들의 기이한 습속은 평범한 사람들에게는 우스꽝스럽게 보일 뿐이었지만 일반인들의 눈은 중요하지 않았다. 아니, 기이해 보일수록 좋았다. 그들은 다른 이들과 근본적으로 구별되기를 바랐다. 더 우스꽝스럽게, 뼛속 깊이 다르기를 원했다. 그 욕망을 만족시킬 수 있다면 뭐든지 좋았다. 그렇게 한국 부르주아의 새로운 3대는 새롭게 기이한 번영의 길로 들어섰다.

*

3월 22일 늦은 밤, 민검시관은 여전히 경찰서에 남아 있었다. 그가 응시하는 가상 모니터에는 장충동에서 죽은 말에 대한 기록이 떠 있었다. 말의 주인은 짐작했다시피 엘리 윤이었다. 그러나 엘리 윤은 말이 죽은 시간으로 추정되는 3월 21일 늦은 밤부터 22일 이른 새벽 사이에 집을 비운 일이 없다고 주장했다. 그리고 그것은 몸종에 의해서 증명되었다. 민검시관을 포함해서 아무도 그것을 믿지 않았지만, 아무래도 상관없다. 말 한 마리가 죽은 것뿐이다. 좀 이상한 방식이긴 하지만, 사람이 죽은 것도 아니지 않은가? 잠시 생각한 뒤 그가 주머니에서 엘리 윤에게서 건네받은 서찰을 꺼냈다. 거기에는 물론 말의 죽음과 관련된 글은 적혀 있지 않았다.

민검시관 살펴보시오.
나는 정씨 家 둘째 에드우드와 정을 통했소.
나를 좀 도와주시오.

그때 가상 모니터가 진동했다. 서장으로부터의 메시지였다. 내용은 아주 간단했다. '내일 정오. 조 말론 정원.' 민검시관은 문득 짜증이 났다. 아무도 말의 죽음에 대해 묻지 않는다. 그저 온통 짧은 메시지들뿐이다!

다음날 정오 그가 조 말론 정원에 도착했을 때 그곳에는 아무도 없었다. 희미하게 라임 바질 향이 났다. 그는 주위를 둘러싼 나무들을 바라보며 자문했다. 이것들은 홀로그램인가? 그가 나무들을 향해 좀더 가까이 다가갔을 때, 어디선가 휘파람 소리가 났다. 돌아보자 작은 닥스훈트 한 마리가 맹렬한 속도로 그를 향해 뛰어오고 있었다.

"죽여! 물어뜯어!" 누군가 소리쳤다.

닥스훈트가 이빨을 드러내었다. "으아악!" 민검시관이 뒷걸음 치다가 넘어졌다. 그는 넘어진 채로 양팔로 얼굴을 가리고는 뒹굴 었다. "멈춰!" 다시 누군가 소리쳤다. 이어 긴 웃음소리. "하하하 하하하…… 하하하하하하……"

가까스로 눈을 뜬 민검시관의 눈에 보인 것은 근사한 검은 말과 그 위에 꼿꼿하게 앉아 있는 근사한 청년이었다. 만족스러운 미소 를 짓고 있는 청년은 굉장한 미남으로 몹시 앳돼 보였다. 하지만 무엇보다 제정신이 아닌 것 같았다. 그가 숨이 막히도록 매력적인 미소를 띤 채로 말에서 내렸다. 그리고 민검시관을 향해 손을 내 밀었다. "자, 일어서요. 내가 바로 에드우드(Edwood Youngsoo Jeong, 이하 에디 정)요."

그때 갑자기 바람의 향이 바뀌고 나무들이 흔들리기 시작했다. "앗!" 에디 정이 소리쳤다. "우린 즉시 이곳을 빠져나가야 한다! 자, 어서 나의 말에 올라타요!" 그가 말에 올라탔다. 민검시관은 넋이 나간 채 말 위로 기어오르기 시작했다. "¡Date prisa!" 에디 정이 말의 궁둥이를 채찍질하며 외쳤다.

*

"그곳은 아주 위험한 곳이죠. 그것이 우리가 그곳에서 만난 이유죠." 에디 정이 말에서 내리며 말했다. 민검시관이 주위를 둘러보았다. "여기가 어딘가요?" "나의 집 뒷마당입니다." "헛."

"그래, 내 사랑 엘리마사의 메시지를 받아오셨나요?" 민검시관이 쭈뼛대며 주머니에서 엘리 윤에게서 받은 서찰을 꺼냈다. 잡아채듯 서찰을 빼앗은 에디 정이 내용을 훑더니 눈가가 금세 촉촉해졌다. "아아, 에리마, 내 사랑ㅡ" 그가 왼쪽 바지 주머니에서 손수건을 꺼내 눈가를 닦고 힘차게 코를 푼 뒤 오른쪽 바지 주머니에서 새로운 서찰을 꺼내어 민검시관에게 건넸다.

"이게 뭡니까?" 민검시관이 물었다.

"서찰이오." 에디 정이 말했다.

"그런데요?"

"전해주시오. 내 사랑 에리사에게ㅡ"

민검시관이 미간을 찌푸렸다.

"왜요?" 에디 정이 물었다. "내가 무례했나?"

"에리사, 에리마, 엘리마사…… 그게 다들 대체 뭔가요?"

에디 정은 대답 없이 멍하게 민검시관을 바라보았다.

"혼란스럽다구요."

"Oh hey, 그것들은 나만의 창의적인 애칭들이오. 나는 끊임없이 애칭들을 만들어내지. 내 사랑 에리안나는 나의 그런 면을 사랑하지. 모르겠나?"

"이봐요. 나는 검시관이오. 중부경찰서 검시관 민정남. 엘리자베스 수지 윤 소유의 말의 죽음에 대해 추적하고 있지. 당신들의 사랑의 메신저 비둘기 같은 게 아니라고요."

"그러나……" 에디 정이 간절한 눈빛으로 민정남을 보았다. "우리에겐 아무도 없소. 당신을 제외한다면……"

아니 이 돈 새끼가……라고 민정남은 속으로 생각했다. "왜요? 로미오와 줄리엣 같은 건가요?"

"셰익스피어를 아는군!" 에디 정이 맑게 갠 하늘을 향해 외쳤다. "내가 올바른 사람을 찾았어! 아니 우리가!" 그러고는 눈을 감고 빙글빙글 돌다가 급하게 멈춰 섰다. "앗!"

"왜요?"

"들켰어! 들키고 말았어!"

*

4월 15일, 민정남은 엘리 윤에게로 가고 있었다. 그는 오늘로 삼 주째 엘리 윤과 에디 정의 사랑의 메신저 역할을 하고 있었다. 그렇다. 그는 비둘기가 되어 있었다. 그가 비둘기가 된 후에 세상은 몹시 다정해졌다. 경찰서장이 그에게 큰 관심을 보내기 시작했다. 심지어 승진을 암시하기도 했다. 그리고 신참 형사 김현지, 이 년 차 인턴 유군 또한 그에게 은밀한 눈빛을 보내기 시작했다. 그는 솔직히 황당했다. 내가 비둘기가 되었는데 다들 그저 좋아하다니! 비둘기가 되어버린 내가 불쌍하지도 않나!

그는 물론 에디 정과 엘리 윤의 서찰의 내용을 모두 읽어보았다. 서찰은 봉해져 있지 않고, 또한 은근히 엿보기를 원하는 듯한 느낌을 받았기 때문이다. 그는 그 심정을 충분히 이해할 수 있었다. 몰래 하는 사랑은 고독하다. 누군가 지켜보기를 원하게 되어 있다. 사랑의 은밀함은 위험의 임박함에서 두 겹의 깊이를 얻는다. 그리고 어차피 서찰에는 특별한 내용도 없었다.

'아아 내 사랑, 에드우드! 언제쯤 다시 볼 수 있을까!'
'나의 귀염둥이 에리마! 그대의 향기가 폭발 직전으로 그리워!'

뭐 이따위 유치한 내용의 연속일 뿐이었다. 그는 점차 둘의 정신세계가 궁금해졌다. 그 둘은 진정 괴상한 세계에 살고 있는 듯했다. 21세기 후반 서울 한복판에서 19세기의 옷을 입고 말을 탄 채 호텔과 집과 조 말론 정원만을 오가는 인간들이라니! 미디어에서는 그런 종류의 삶에 대해서 전혀 다루지 않았다. 텔레비전과

인터넷에는 스포츠 중계 아니면 여러 가지 종류의 오디션과 콘테스트에 대한 광고와 중계만이 나왔다. 시청자들은 복권을 사듯이 이런저런 오디션과 콘테스트에 참가하거나 관람하거나 투표했다. 아니면 근근이 먹고사는 혹독한 일상이 있었다. 여러 가지 발달된 테크놀로지(홀로그램 변환기, 장수 주사 등)로부터 일반인들은 동떨어져 있었다. 새로운 국적을 따거나 사립학교에 진학하는 것처럼 아주 먼 나라의 일일 뿐이었다. 게다가 충분히 물려받을 유산이 없다면 영원한 건강이나 죽음의 연기는 저주일 뿐이다. 사실 민정남은 일반인들 가운데 특이하게 진취적인 편이었다. 경찰공무원 시험에 도전해서 성공한 것을 보면 말이다. 그것에는 어머니가 틈만 나면 너희 증조할아버지가 형사셨는데…… 하고 말했던 것이 큰 역할을 했다. 어머니의 발언에 무의식적으로 세뇌된 그가 고등학교 졸업 시즌에 경찰관 시험을 보겠다고 하자 친구들은 죄다 그를 길 잃은 외계인이나 되는 듯이 쳐다봤다. 그렇게 그는 친구들과 멀어졌고, 고독해졌으며, 경찰이 되었다. 말단 경찰이 된 그가 하는 일은 주로 애완동물의 사체를 처리하는 것이었다. 그것은 위험 부담도 없고, 조용한 일이었다. 그는 자신의 직업이 마음에 들었다. 매일 일이 끝나면 그는 근처 편의점에서 도시락과 맥주 한 병을 사서 J기업이 운영하는 독신남 전용 아파트로 돌아왔다. 그리고 텔레비전으로 오디션 중계를 보면서 문자투표를 하거나 혹은 비디오게임을 하면서 시간을 보냈다. 시간은 잘 갔다. 그

는 월급의 육십 퍼센트를 월세와 공과금으로 사용했다. 나머지의
절반은 식비로 나갔다. 나머지 절반은 어딘가로 사라졌다.

*

여전히 카리브 해에서 휴가를 보내고 있는 정여사의 홀로그램
과 교토에 스시 도시락을 먹으러 간 조 윤의 홀로그램이 남산 산
책로를 따라 산책하고 있었다. 조 윤이 간밤에 정여사를 생각하며
지었다며 시를 읊기 시작했다.

두 개의 시

나는 하나의 마음을 먹었소
그것은 드물게 아름다웠소
누가 볼까 무서워
나는 아주 바쁘게 먹었소
그렇게 사랑하였소
무엇을 해야 할지 몰라
그대의 이름을 부르오
희미하게 그대의 향기가 느껴져
그것이 말이 뒤척이는 소리는 아닐까

걱정이 되오

Angels of Shadow
라는 제목의 옛 영화를 보았소
그대가 죽음이 아니길 바라오

·

The spring wind sprawls upon the New England heath
Weeps out our weakest tears—
Tu(you)-lips are in full-bloom
You are the full-moon's daughter
The bravest of your tribe,
And I am a lonely mecca-ron of the Pacific
I love you
I ugly love you

조 윤이 낭송을 끝내자, 정여사의 홀로그램이 콜록콜록 기침하
며 흐릿해졌다가 다시 서서히 선명해졌다. 그녀는 아무 말이 없었
다, 오랫동안. 할 수 없이 조 윤이 노래를 부르기 시작했다. 그의
목소리는 아주 듣기 싫었다.

"그러니까 이게······" 정여사가 팔짱 낀 한 손을 풀어 목을 만지며 말했다. "우리 영수가······"

조 윤이 고개를 끄덕였다. "조크는 통하지 않는군."

정여사가 차갑게 웃었다.

그것은 어려운 순간이었다.

침묵이 퍼져나갔다, 청량한 Lime Basil & Mandarin 향기를 타고.

조 윤이 심호흡하며 생각했다. 좆같은 조 말론······

하지만 얼마 지나지 않아 둘은 기분이 한껏 나아졌고, 신종 채권투자와 멕시코의 기간산업에 대한 대화를 이어나갔다.

*

민정남은 계속해서 부지런하게 엘리 윤과 에디 정의 사랑의 메신저 비둘기 역할을 해내었다. 경찰서장은 그를 불러 S호텔의 짜장면을 한 번, L호텔의 소고기 탕수육을 한 번 사주었다. 그리고 신참 형사 김현지와 인턴 유군도 계속해서 그에게 유혹의 눈길을 보냈다. 한 달 뒤 그는 예정되어 있던 휴가를 보내기 위해 인도네시아의 G섬으로 떠났다. G섬은 그가 가장 좋아하는, 아니 그의 유일한 휴가 장소였다. 왜냐하면 그곳에서는 친구들과 함께 저렴

한 가격에 질 높은 마약 섹스 투어를 할 수 있기 때문이다. 이박 삼일, 여자 셋, 남자 셋, 개 두 마리, 마약 세 종류 해서 한우갈비 회식 2~3회 정도의 가격에 불과했다. 그것은 민정남의 유일한 낙이자, 고등학교 동창들과의 소중한 우정의 교류, 고급스러운 연례 행사였다.

그가 잘 그을린 채로 휴가에서 돌아왔을 때, 서울은 좀더 뜨거워져 있었다. 다음날 느지막이 일어났을 때 문 앞에는 에디 정의 서찰이 놓여 있었다. 그는 서찰에 적혀 있는 대로 청담동의 한 티룸에 갔다. 티룸의 입구에는 크고 신비한 색깔의 꽃들이 흐드러지게 피어나 있었다. 꽃길을 따라 걷다보니 정원이 나타났다. 정원 한편에는 다섯 마리의 말이 묶인 채 지루한 시간을 견디고 있었다. 그 가운데 가장 준수한 말이 에디 정의 것이었다. 민정남은 정원을 가로질러 티룸 이층의 으슥한 테라스 자리로 향했다. 에디 정을 발견한 민정남이 환하게 손을 흔들었다. 하지만 에디 정은 힘없이 고개를 끄덕일 뿐이었다. 정원의 울창한 나무들 위로 짙은 색 구름이 어지럽게 흔들렸다. 비가 내리려나. 민정남이 생각했을 때 에디 정이 주머니에서 서찰을 꺼내어 내밀었다. 그것은 홀로그램 서찰로 민정남은 처음 보는 종류의 것이었다.

그것은 매우 기이했다. 무엇보다 매우 붉었다. 동시에 시퍼렜다. 마치 멍이 든 것처럼. 무언가에 두들겨맞은 듯이 울긋불긋했

다. 그 위에 분명한 엘리 윤의 서체로 이렇게 쓰여 있었다. '누구시오, 나는 그대를 모르오.'

"당신이 여행 떠난 날 내 방문 앞에서 발견한 서찰이오." 에디 정이 말했다. "음모가 확실해."

"무슨 음모요?"

"당신이 휴가를 떠나지만 않았더라도……" 에디 정이 울먹이며 왼쪽 주먹을 꽉 깨물었다.

"앗." 민정남이 소리쳤다.

"왜?"

"서찰의 색깔이 더 짙어지고 있어."

"이미 나도 알아. 어제도 그랬고, 그저께도 그랬어. 그러나 아무일도 일어나지 않았어."

에디 정이 흐느꼈고 민정남이 딱하다는 표정으로 에디 정을 바라보았다.

"엘리 윤이 뭐가 좋아요?"

에디가 고개를 들었다. "응?"

"엘리자베스 수지 윤이란 여자가 뭐가 좋냐고……"

"쉿……! 이곳에서는 그렇게 크게 말하면 안 돼!"

"아, 죄송합니다." 민정남이 고개를 숙여 사과했다.

"앞으로 작게 말하시오."

"예."

"모르겠어. 그냥 말할 수 없이 좋아."

한참 뒤에 에디 정이 대답했다.

"로미오와 줄리엣 콤플렉스가 아니야? 못 만나게 하니까 괜히 미치겠지?"

"Possibly." 에디가 심각한 얼굴로 수긍했다.

"정말?"

"아무튼 나는 그녀 생각만 해. 그것밖에 솔직히 할 게 없기도 해. 난 그냥 같이 말을 타고 싶어."

"엘리하고요?"

"응. 매일매일."

"그렇구나."

"같이 말을 타고, 웃고, 또 말을 타고 싶어."

문득 서찰의 색이 빠르게 변화했다. 동시에 그것은 몸부림치듯 격렬히 진동하기 시작했다. 에디 정과 민정남은 숨죽인 채 변화하는 그것의 결말을 좇았다. "앗!" 한순간 에디 정이 소리쳤다. 그러자 홀로그램 서찰이 급속히 투명해지더니 사라졌다.

"아앗! 어디 갔지?" 민정남이 외쳤다.

"이것은 새로운 테크놀로지야!" 에디 정이 외쳤다.

"네?"

"아아! 이제 알겠어! 이제 알겠어!" 에디 정이 끔찍해진 얼굴로 외쳤다. "나는 이용당한 거야. 그녀가 나를 이용한 거야! 새로운 테크놀로지를 위해서!" 에디가 핏기 없는 얼굴로 자리에서 일어났다. "나의 모든 생체 정보를 빼앗겼다……" 멀리 앉은 손님들이 의아한 표정으로 이쪽을 바라보았다. 민정남이 재빨리 홀로그램 커튼을 쳐서 주위 시선을 차단했다. 물방울무늬 홀로그램 커튼 안에서 에디 정이 아주 서럽게 울었다. "빼앗겼다…… 그녀가…… 나의…… 빼앗겼다……"

*

다음날 아침, 민정남이 경찰서에 출근했을 때, 경찰서장과 신참 형사, 인턴의 눈빛은 싸늘해져 있었다. 그날 저녁 엘리 윤 소유의 말의 죽음은 스트레스로 인한 자살로 마무리지어졌다. 그다음날 아침, 에디 정이 경기도 인근 가족 소유의 말 농장의 마구간에서 목을 매 죽은 채로 발견되었다.

*

그달이 가기 전에 민정남은 좌천되었다. 구슬피 울며 짐을 싸는 그를 동료들은 알은체도 안 했다. 그는 과천시에 있는 하층민 거주 지역의 파출소로 전출되었다. 그는 매일 밤 무직자, 불량 청소년, 생계형 창녀, 음독자살을 시도하는 노인 들을 상대하며 젊음을 소진했다. 그는 J기업이 운영하는 아파트에서도 쫓겨났다. 그는 2000년대 초반에 지어진, 파출소 인근의 낡은 다세대주택 삼층 단칸방으로 이사했다. 월급도 많이 줄었다. 그에게는 더이상 인도네시아 G섬으로 마약 섹스 투어를 갈 여력이 없었다. 그 결과 친구들과도 멀어졌다. 불결한 고깃집의 단골이 되었으며, 맥주보다 소주를 더 많이 마시게 되었다. 배가 나왔고, 피부가 거칠어졌다. 날카롭던 턱선이 사라지고, 눈빛은 흐리멍덩해졌다.

몇 년 뒤 그가 알아보기 힘들 정도로 변해 있었을 때 아주 뜻밖의 장소에서 엘리 윤의 홀로그램과 마주치게 되었다. 그녀는 여전히 흠잡을 데 없이 고왔다. 공허하도록 순진했던 눈빛은 더욱 깊어져 파괴적인 백치미를 내뿜고 있었다. 민정남은 그런 그녀가 가증스러웠다. 머리에 얹고 있는 족두리를 입에 쑤셔넣어 질식사시키고 싶다고 생각했다. 증오로 가득찬 민정남의 눈을 엘리 윤이 물끄러미 들여다보며 말했다.

"그대는 부르주아 6대의 삶을 아시나요."
"나는 과천시 거주민의 비참함을 알지." 민정남이 냉소적으로 답했다.

"눈을 감아봐요."

민정남은 눈을 감았다. 다시 눈을 뜨자 엘리 윤은 사라져 있었고, 대신 하나의 홀로그램 환상이 펼쳐져 있었다. 그것은 끝없는 말들의 정원이었다. 한 번도 본 적이 없는, 하지만 언제나 그리워했던 듯한, 누군가는 오직 그 풍경을 위해 목숨을 바칠 수도 있을 법한 그런 풍경이었다. 이런 곳이 세상에 존재하다니! 민정남은 덜컥 겁이 났다. 뭔가 봐서는 안 될 것을 엿본 기분이었다. 하지만 눈을 뗄 수가 없었다. 녹색 창문들과 회색 나무들로 에워싸인, 찬란한 비와 순백의 눈이 동시에 흩날리는, 계절도 장소도 알 수 없는 기이한 정원…… 민정남은 눈물을 흘렸다. "여기가 당신이 사는 곳이란 말이야?"

대답은 없었다. 민정남은 홀로 그 신비한 홀로그램 정원에 남겨졌다. 그는 울고 또 울었다. 그는 자신이 죽는 날까지 이 환상에 사로잡혀 있을 것임을 알았다. 현실을 역겨워하며, 죽음을 저주하며. 하지만 아무것도 손에 쥐지 못한 채. 끔찍한 증오 속에서, 무력감 속에서. 천천히 썩어갈 것임을 직감했다. 영원한 그리움 속에서.

Wood Sage & Sea Salt 향이 점차 짙어지기 시작했다.

3부

세계의 개

1

호텔은 바닷가 버려진 마을에 있다. 마을의 한 주민이 프랑스 제3의 문학잡지를 창간했다. 프랑스의 특산품 권태가 이십 년간 그에게 그 짓을 하게 만들었다. 그가 한 손에 이십 헥타리터 한정 포도주를 들고 헛소리를 늘어놓기 시작한다. 나는 웹디자이너에게 물어볼 것이 있다.

세계의 개

취한 채…… 지하철에 올라타 생각한다 취하니 세상이 좀 웃겨 보이는구나 약간 견딜 만해진다기보다는 솔직히 헛웃음 나와 눈앞에 있는 이 풍경 이 소리 이 냄새 칸을 꽉 채운 사람들에게서 느껴지는 스트레스 불안 긴장 억울함 외로움……에 대해 생각하기에 나는 지금 너무 맛 가버렸다 박자가 엇갈리고, 발이 땅을 헛딛고, 시간이 흐르는 듯 아닌 듯 반대로 혹은 사선으로 멈출 듯 흘러갈 듯 망설이는 사이 방금 힘겹게 한 발을 뗐다 그러니까 시간

을 흘려보내기 위한 시간
의 오직 그 자체의 마비시키기 위한 작전에 휘말려들기에 충분히 약한 정신과 울분의 고통을 잊기 위해 약간의 마취가 필요한

그런 정신

에 대해 생각하다가 문득 내가 양아치라는 걸 깨닫는다 양아치
라는 건 그러니까…… 진짜 깡패는 될 수 없다는 뜻이다 약간 저
급의 뉴저지산 살라미 같은 거? 나름 열심히 살며 이인자를 꿈꾸
는 다크호스? 나는 생각나는 모든 것을 말하고 싶지만 참는다 참
고 참다 마침내 털어놓는 한마디 "숨이 잘 안 쉬어져"

하나

거기 어떤 뒤죽박죽의 이유로 이등급 살라미에 흥미? 동정? 매
력? 을 느끼게 된 멸균정제 시스템이 있고 쉽게 말해 앱을 하나 설
치? 근데 그게 시스템과 충돌? 아 몰라 뭐가 그렇게 복잡해 일단
저녁 먹고 생각하자 가까워? 멀어? 택시 탈까?

결국 외로움을 반으로 나누고 싶다는 거잖아 몰라 무슨 어떤 상
징적 차원에서 우리 함께 세계의 개가 되자는 거 아냐? 링컨 센터
앞을 쫓겨난 개처럼 배회하다 개소리 좀 얻어먹고 신사 숙녀 여러
분 사이에 끼어들어 예쁜 저녁을 근데 너무 눈이 부셔 우와 사방
이 빛이야 어리둥절한 표정인 채 뭔가를 찾는 듯하지만 아니야 아
직 정신을 놓은 건 계산은 제대로 팁은 이십오 퍼센트, 코트 차지

이 달러 추가 그리고 지금쯤 케이타운에 가고 싶어지는 거지

　가서, 뭘 해

"옛날에는 그랬어…… 정신이 나가면 무섭지만 한편 신나가지고 그걸 다 기록했다 하지만 더이상 안 해"

언젠가부터 기록을 포기했다 그러는 게 맞으니까 어차피 아무 의미 없는 것들 영 움직이지 않는 세계 무력한 자에게 인식이란 여기저기 널브러져 이상한 빛을 내는 광기일 뿐이다 그것이 눈앞을 떠나지 않는 것은 악몽이다 의지를 잃어버렸으므로 아주 오래전에 우리가 아니 우리의 세계가 하여 우리는 세계의 개 남은 것은 시간을 견디는 것 아무 의미도 바닥도 천장도 없는

*

매일 밤 너는 진통제를 잃을까봐 두려워했고 가끔 짓는 미소는 온통 시퍼렜다 잠깐 정신을 차린 순간 난 중얼거렸다 "그 불안 아마도 없어지지 않을 거야 평생, 그걸 인정하는 순간 마음이 편해져 하지만 오래 걸려 그때까지 너무 많은 걸 망가뜨리지는 마" 느껴지는 들뜬 내 목소리 그리고 다시 꿈으로 빠져듦

2000000000000000000000000000000000000s

　그때 우리는 거기 없었다. 이천년 십이월 이십사일 우리는 거기 없었다. 슬슬 눈이 흩날리기 시작하던 화이트 크리스마스 이브의 홍대 앞, 우리는 없었다. 홍대입구역 5번 출구 앞은 사람들로 붐비지 않았다. 벙어리장갑을 낀 소년소녀들은 발견되지 않았다. 내가 걸친 하얀색 폴리에스테르 후드 망토, 니가 걸친 빨간색 더플코트, 쟤가 걸친 뻣뻣한 남색 모직 코트, 그것들은 아무런 보온 효과도 없었다. 우리는 새하얀 입김과 담배 연기를 구분할 능력이 없었다. 우리는 감기에 걸리지도, 재채기를 하지도 않았다. 우리는 리치몬드에서 생크림 케이크를 사지 않았다. 우리는 에스파냐에서 뜨거운 밀크티를 마시지 않았다. 우리는 어리지 않았다. 우리는 어른이지 않았다. 우리는 콘크리트 정원에 죽 늘어선 채 디스

플러스를 피우지 않았다. 우리는 라디오헤드를 듣지 않았다. 소니 시디플레이어에서는 키드 에이가 흘러나오지 않았다. 누구도 푸코를 읽지 않았다. 아무도 학교에 가지 않았다. 우리는 대학교에 가지 않기로 결정했다. 우리는 학교를 저주했다. 손주은 개새끼,

    은마아파트, 대치동 개자식들, 변절한 삼팔육 혹은,
    카메라 – 오브스쿠라에 대한, 영화란 무엇인가.
    이 도저한 자본의 시대에 그것은 장 뤽 고다르 혹은,

노
마
디
즘
앙 티 오 이 디 푸 스
          파
          사
          젠
          베
          르
          크

우리는 기찻길 앞 막창집에 없었다. 우리들 앞에는 영화감독이 없었다. 감독의 손에 들린 것은 새하얀 팔러먼트 갑이 아니었다. 거기엔 대화가 없었다. 대화엔 우리가 없었다. 새벽 한시, 산울림 소극장 앞 대로는 텅 비어 있었다.

이천이년, 이천삼년, 여전히 우리는 거기 없었다. 그때 아무것도 없었다. 거기 추억들이, 소주 냄새 나는 술자리들이 없었다. 예술가들이 없었다. 애호가들, 지망생들, 잉여, 뮤지션, 문화운동—컬처럴 스터디즈—시네마 토크, 지식인과 시정잡배, 룸펜들이 거기 없었다, 없고, 있던 것은,

디스플러스 한 가치 입에 물고, 백원짜리 형광색 라이터로 불을 붙여, 일단 바닥에 깔아
되게 큰 종이를,
그리고 그려보자. 한 삼백 인치짜리
엑스트라 라지 사이즈의 배큠 클리너를,
그것으로, 놀이터에 가서 존재하는 모든 것의 삼십 퍼센트쯤 삭제해버리면 세상은 좀더 나아질 텐데

멀리서 들려왔고, 음악 소리가, 그것은 라디오헤드의 병신 앨범, 기억상실증 환자, 오 넘쳐나는 자의식, 어 우리 인디 소년소녀

들의 치부, 온실 속 삶과, 천국에 대한 유치한 상상력, 중2병 환상으로 가득한, and here we are, 세상 무서울 것 없는 중퇴생들, 순진한 중산층 애새끼들, 야 너 어디 있다가 지금 나타나, 나 카페빵 있다 왔다

　　푸른새벽 봤어 전자양이랑
　　하이네켄 마셨어
　　한희정 존나 이쁘지 않아?

　　윈도즈 엑스피, 인터넷 익스플로러, 클릭, 뭐뭐 쩜 wo.to, 클릭, 클릭, 희정 언니, 너무 이뻐요 언니, 엠에스엔 주소 좀 알려주세요

　　요즘 기분이 어떠세요, 언니?
　　죽고 싶지 않으세요, 언니?
　　저는 요즘 더 보이 위드 디 아랍 스트랩을 듣는데, 그럼 더 죽고 싶어진다고……
　　언니, 언니는 자해해보셨어요?
　　언니, 자해에는 어떤 칼이 좋아요?
　　언니, 술 먹고 모르는 남자랑 섹스해본 적 있어요?
　　언니, 언니는 왜 살아요? 왜 안 뒈지고 계속 살아 있어요?

토요일 새벽 한시 반 채팅방은 사람들로 붐비지 않았다. '비밀 대화' 버튼 누르고 저 새끼 좀 꺼졌으면 좋겠다 속삭이지 않았다. 화기애애한 분위기에 찬물 끼얹으려 어제 본 스너프 필름 클라이 맥스를 디테일하게 묘사하지 않았다. 그 포동포동한 희생자 년 못생긴 면상이 짓뭉개질 때 배어나오던 저화질의 칙칙한 피, 비명과 흔들림, 노이즈에 대해 침묵했다. 그리고 오직 우리가 남았을 때, 오직,

내 좆이 섰다가 가라앉았어
너는 연애나 해라

담배 사러 나가기 귀찮아. 어제 술을 너무 많이 마셨나봐. 나 위스키 마셨다? 너 근데 정말 솔직히 말해봐. 정신분열증 맞아? 진짜? 환청 같은 게 들려?

뭐라 그러시는데 니 머릿속 그 새끼분께서?

새벽에, 서교초등학교 앞에서 광흥창역까지 달리는데 너무 외로워서, 아니, 모르겠어, 왠지 모르겠는데 진짜 미쳐버릴 것 같았을 때, 핸드폰을 꺼냈는데 때맞춰 전화벨이 울렸을 때, 근데 끝내 send 버튼을 누르지 못했을 때, 왜, 받을 수가 없었을까 그 전활,

(아직도 생각해) 그때, 우리가 거기 없었을 때, 그때, 아직 유니클로가 그곳을 지배하기 전에, 그때, 아직 우리에게 시간이 아주 많았을 때, 아직 우리가 아주 많이 죽고 싶었을 때, 아직 우리가 충분히 거기 없었을 때, 우리가 암울한 책을 읽고, 갓 학교를 뛰쳐나왔을 때, 아직 우리가 존나 멋진 사람이 되고 싶었을 때, 아직 우리가 아무것도 되고 싶지 않았을 때, 아직 우리의 조국이 충분히 촌스러웠을 때, 아직 지드래곤이 힙스터 삘 양년들이랑 뉴욕에서 뮤직비디오를 찍지 못했을 때, 우리의 적은 오직 코엑스, 타워팰리스, 대치동, (진부하게) 강남, 어, 그때, 병신같이 폼을 잡고 선 우리를 누구도 섣불리 비웃지 못했을 때, 그때, 아직 우리가 거기 없었을 때,

2

통창 너머 미세먼지로 자욱한 서울이 병풍처럼 펼쳐져 있고, 그것을 배경으로 한 아가씨가 바이올린을 켜고 있었다. 주황색 조명 속을 우리는 느리게 걸었다. 딱히 갈 데가 없었다.

Cafe life

인간들이 봄날의 황사같이 무기력하게 쏟아져 있다.

A mercy fuck—sympathy fuck. Moral rape, everyone does it. It's . . . kindness.*

No, it's cowardice.

*

개는 사랑을 말했다. 아주 자주 말했다. 하루종일 보고 싶었다. 갖고 싶었고, 없어질까 두려웠다. 개의 개는, 간단한 테스트 결과 공감능력이 0이었다. 이거 되게 웃기는데…… 창밖으로 펼쳐진 것은 홍익대학교 다섯 글자 그 위에 맥없이 걸린 사십오 퍼센트 찬 달, 백색 형광등 불빛 아래 서성이던 차, 넣다 뺐다 되는 사람들,

---

* Patrick Marber, *Closer*, 1997.

따로 찍어서 편집한 듯 어색한 엘리베이터 투숏 신, 열리지 않던 택시의 문, 일단 출발해주세요 정도의 절박함? 신촌이요? 어, 아니, 화력발전소 방향.

*

I'll sign it on one condition: we skip lunch, we go to my sleek, little surgery and we christen the patients' bed with our final fuck. I know you don't want to, I know you think I'm sick for asking—but that's what I'm asking—"For Old Time's Sake," because I'm obsessed with you, because I can't get over you unless you ... because I think on some small level you owe me something, for deceiving me so ... 'exquisitely'.

For all these reasons I'm begging you to give me your body.

Be my whore and in return I will pay you with your liberty.

If you do this I swear I will not contact you again—you know I'm a man of my word.

I will divorce you and, in time, consider the possibility of a friendship.**

** Ibid.

Hake, skate, and sake (and the french coat issue)

세포라 언니가 말했다 I like your coat

내가 대답했다 It's from Paris

Huh 세포라 언니가 대답했다

구석에는 한껏 차려입은 채 목에다가 비싼 향수를 들이붓는 못
배운 녀석들

And we had hake, skate, and sake it was gorgeous till
she started talking about the shitty intellectual shit on

European Union and the world literature ... all of sudden she mentioned 겐지 이야기 나는 미소 지었다 보자 니가 얼마나 더 해괴한 얘기를 늘어놓는지 그녀가 말할 때마다 나는 과장된 제스처로 동의의 뜻을 표시했다

그녀가 이탈리아에 가보라고 했다 여행에 대한 욕구가 당신을 사로잡지 않나요 최×× 작가는 나폴리에 육 개월 있었죠 네 나폴리는 서치 언 어메이징 시티 그런데 이탈리아 문화원이 요구하기를…… 하지만 나는 전혀 나폴리에 가고 싶지 않다 문학이라면 어디든 싫다 글로벌화하는 한국문학에서는 다운타운 호텔 바닥에 깔린 카펫 냄새가 난다 그들이 가진 알량한 자존심, 먼지 풍기는 따뜻한 미소와 선의란 편견의 문명화된 표현일 뿐 (하여 그것은 쉽게 경멸과 적대로 변한다) 하지만 그것을 비웃는 데도 더이상…… 곧 대화는 지루해졌고 중단되었다 그녀는 휘트니에 가겠다 했고 나는 Jon Hopkins를 생각했다 우리에게 어떤 종류의 공통 관심사도 없음이 분명해진 순간 나는 궁금해졌다 그녀의 나에 대한 진짜 생각이 과장된 핏의 코트 속에서 세상 지겹다는 표정으로 채 한 모금도 비우지 않은 프로세코 잔을 떨떠름하게 쳐다보는 이 새파란 아시안 계집애, 나는 니가 이 개처비싼 맨해튼 한복판에서 뭘 하는지도 모르겠고……

니가?

어, 니가

Oh, she likes you

Does she?

Yes, and she likes you too

3

봄, 스시 같은 계절

apoetryvendingmachine

4

sooosleepy.wordpress.com is no longer available.

5

"To me, things feel not so tragic: *I could die*, I thought to myself a hundred times when I snorted the heroin or shot the coke or washed the oxycontin down with vodka Gatorade. *I might die*, I thought, when I felt unnatural heaviness hit me in that way that it must when you are drugging yourself to sleep because your heartbeat is keeping you awake.

Is it any wonder?"*

---

* Cat Marnell, 'ON THE DEATH OF WHITNEY HOUSTON: Why I Won't Ever Shut Up About My Drug Use' (www.xojane.com).

y, g, h

너는 취했고 살짝 다리를 떨고 있어
스피커에서 리카르도 빌라로보스가 나와 죽이지 음
대답해
너는 담배에 불을 붙이고 창을 열어 지금
음악이 천장으로 달려 좋지
대답해 어서
그리고 옆에 멍한 여자애를 하나 가져다 놔 어때 보기 좋지?

좋다고 대답하지 마 수작 부리지 말고

여자애는 취해 떡이 돼가지고 침대를 오르락내리락 준비······ 무

슨 준비? 구름 위로 뛰어내릴 준비 낙하산 없이 어 구명장비 없이

맘에 들어? 그렇다고 대답해 어서

AhhhhhhhAhhhh┐┌┐┌┐hhhaaaaaah 오hhㅏahhhhhh, 여
자애가 울어 시트를 적셔 그게 너 때문이야? 대답해 어서 그 멍청
한 여자애가 구름 위로 뛰어내려 개박살 나기 전에

우리의 입장
―우리는 어떤 생산수단도 갖고 있지 않다

우리에게는 아무런 생산능력이 없다
먹고 싼다
오로지 누워 있다
우리에게는 어떤 대항수단도 없다
당신들에게 대적할 아무런 의지가 없다
힘도 없다
항복한다
아무런 조건 없이, 원한 없이
우리는 투항한다

너는 조금 더 고립된다 그것은 네 탓이(아니)다

생존자의 시야에 들어오는 풍경: 매우 비어 있다 모르겠다……

(아마도) 우리는 멋진 것이 되길 원했다 (하지만) 세계는 그것을 허용치 않았고 우리는 계속해서 뭔가를 잃어갔다 우리가 살아가는 것이 (잃어가는 것이) 무엇인지에 대한 답을 (언젠간) 얻을 수 있을지도 모르겠다 그러는 사이 생존자들이, 희생자들과 헷갈리기 시작했고 실종자들은 늘어갔다 (물론) 살아남은 자들은 관심 밖이다 (문밖에 돌돌 말린 시체들에 대해서도) 서서히 우리는 삶속에서 절망을 피하는 길은 실종되는 것뿐이라는 사실을 배우게 되었다 그러나 (뜻밖에도) 배운 것을 적용할 삶이 더이상 존재하지 않았다

방1

1
우리는 방에 모여 있다
나갈 데가 없다는 뜻이다

2
한창때는 누구나 반짝반짝하다
새끼 고양이들처럼
하지만 젊음이 썩어가는 광경 앞에서는 너 나 할 것 없이 고개
를 돌린다

3
그 여자는 요새 아들이랑 연애하느라 바쁘다
학원 끝나고 애더럴 나눠 먹고 커피 한잔 한 다음 픽업하는 시점
엄마 나 버거 사줘,
속삭이는 아들내미 목소리가 어찌나 보드랍던지

4
사촌 여동생은 알게 되었다 모든 이모들은 미쳤다는 것을

5
할아버지: 평균수명을 훌쩍 넘겨 살아남고 있다

6
아저씨는 매일 밤 일장 연설을 한다 페이스북 담벼락에다가

7
나

8
요즘 엄마는 등산을 다니고
아빠는 아침 드라마에 푹 빠져 있다

나는 대개 방에 있는데 여기서 별로 나가고 싶지 않다

XXX heaven

문, 쓸데없이 높은 천장, 커다란 화병으로 구성된 여긴 오직 내
세계
　이곳에서 침입자들은 모두 눈이 먼다
　누구도 들어올 수 없다

　　　　　　　　　　　　　*

　해가 떨어지면
　눈먼 눈들이
　물을 흩뿌리고
　모든 것이 하얗게 변해

*

한때 그녀는 우윳빛이었다

지금 그녀는 녹색이다

진짜 그녀는 파랑인 걸까

그녀의 회색 입술과 눈꺼풀에 올려진 작은 모자

그 모든 것이 어쩌나 고상하던지

그것들은 매일 밤 사라지고

매일 밤 그녀는 모든 것을 잃었다

도무지 잠들지 못하는 그녀,

"너한텐 아무도 필요 없어"

"용감하니까"

"자살 정도는 쉽게 해치울 수 있을 정도로"

네이버의 헤드라인들이

그녀를 먹어치웠다

행복했던 생활이 끝난 뒤로 그녀는 생기를 잃었다

센스 있는 주부들의 식탁에서 오직 그녀는 위안받았다

가슴

"그리고 젖소"

"평화로운 하품"

그녀는 그것을 반복하고 또 반복했다

모두가 떠난 천국, 여긴 아무것도 아니다 그저 하나의 문, 쓸데 없이 높은 천장, 커다란 화병에 든 꽃들이 이상한 향기를 내며 아 기처럼 운다

스스로에게 묻는다 내가 천국에 머물 수 있을까요 묻는 채로 천 국으로 입장한다는 것은 쓸모없는 짓일까요?

그녀는 묻는다 여기 이상하게도 천장이 높은 방 이상한 향기를 내뿜으며 돼지처럼 울어대는 꽃들을 향해 "더이상 갈 곳이 없으므 로 여기서 이만 눈을 뽑아내도 될까요?" "말하기와 이런 말하기들 을 그만두어도 될까요?"

*

그저 말이란,

*

"섹스"

"옷 사러 가자"

"고통"

다음 소설을 위한 플롯

부모가 그들의 자녀를 죽인다
아이들이 자살한다
스마트폰이 된 사람이 살아남는다

| 수록 작품 발표 지면 |

더 나쁜 쪽으로 …… 『작가세계』 2011년 봄호

샌프란시스코 …… 『문학동네』 2012년 가을호

비, 증기, 그리고 속도 …… 『문학과사회』 2015년 가을호

지도와 인간 …… 『창작과비평』 2015년 봄호

박승준씨의 경우 …… 『GQ』 2011년 3월호(부록 『A MAN WITH A SUIT』)

카레가 있는 책상 …… 『자음과모음』 2015년 겨울호

이천칠십×년 부르주아 6대 …… 『문학동네』 2016년 가을호

세계의 개 …… 미발표

apoetryvendingmachine …… 미발표

문학동네 소설집
더 나쁜 쪽으로
ⓒ 김사과 2017

1판 1쇄 2017년 8월 15일
1판 4쇄 2021년 5월 14일

지은이 김사과
책임편집 정은진 | 편집 김내리 이성근 이상술
디자인 윤종윤 유현아 | 마케팅 정민호 이숙재 우상욱 정경주
홍보 김희숙 김상만 함유지 김현지 이소정 이미희 박지원
제작 강신은 김동욱 임현식 | 제작처 영신사

펴낸곳 (주)문학동네 | 펴낸이 염현숙
출판등록 1993년 10월 22일 제406-2003-000045호
주소 10881 경기도 파주시 회동길 210
전자우편 editor@munhak.com | 대표전화 031) 955-8888 | 팩스 031) 955-8855
문의전화 031) 955-3578(마케팅) 031) 955-8864(편집)
문학동네카페 http://cafe.naver.com/mhdn | 트위터 @munhakdongne

ISBN 978-89-546-4637-6 03810

www.munhak.com